小学館文庫

北斗

遠藤 遼

小学館

MOKUJI

――よしよし。もうすぐおうちに帰れるからね。

何歳の頃だろう。母の背におぶわれていた。

夜中に高熱を出して、近くの病院に行った帰りだろうか。

――お母さん、お薬イヤだ。

――飲まないとずっと苦しいよ？

つらい、苦しいをこれ以上言って、母を悲しませたくなかったのだ。

そうでなくても、母の目はすでに真っ赤だった。

――お母さん……星が見える。

都会の夜空だ。そんなにたくさん星が見えるわけではない。

けれども、ひしゃく形に並んだ七つの星は、街灯や車やマンションの灯り（あか）に囲まれた東京の夜景のなかでも健在だった。

――あれはね、北斗七星。昔、電気も何もない頃。夜、道に迷った旅人たちは夜空の北斗七星を頼りに歩いていたの。そんなふうに、「誰かの道標になるような子になってほしい」と思って、お母さんがほっくんの名前にしたのよ。

もう何度か聞いた話だ。けれども、それを聞くたびに北斗(ほくと)は何だかうれしくなって、気持ちよく眠れるのだ。

……遠い昔の、いまは亡き母の思い出だった。

序章

荒い息が収まらない。

それはそうだ。いくら警察官でも、本物の日本刀を構えて殺気を発する浪人ふうの男と対決するなんて、一生に一度もない。むしろあってはならない事態だ。

警棒を握る手に汗がにじむ。

夢ではないことは背中の傷が教えてくれていた。

教場の逮捕術で通用する相手ではない。

浪人が気合いの声を上げる。

懐中電灯を浪人の顔に投げつける。警棒を横に倒す。浪人の白刃。身をかがめ、抜き胴を狙う――。


「そこの信号を右に行って、まっすぐ行くと駅がありますからね」

と制服警官の山口(やまぐち)北斗が、交番に道を尋ねてきた老婆に、ゆっくりはっきりしっかりと言ってきかせた。

説明を受けている白髪の老婆はにこにこと何度も頷（うなず）いている。

「右行って、まっすぐですね。何度もすみません。この辺、初めてで。息子夫婦が引っ越しちゃったもんだから、孫の顔を見に行くのもひと苦労で」

「この辺、道がわかりにくいですからね」

背の高い北斗はやや腰を折るような姿勢で老婆に相づちを打っていた。中学の頃から始めた剣道のおかげで身体（からだ）は締まっているが、色白で眉がやさしげに垂れている。ぱっと見た感じでは医者か教師か大学講師のようにも見える顔立ちは、警察学校時代に場違いだとよくからかわれたものだった。

「昔、よくこっちにも来てたから大丈夫だと思ってたらすっかり変わっちゃって」

と老婆が苦笑していた。十数年ぶりにこの辺りに出てきたのだそうだ。

最近、再開発が進んでいる駅周りは昔と比べればわかりやすくなった。けれども、昔しか知らない人にとっては、かえってわかりにくくなったとも言えるかもしれない。

老婆は繰り返し繰り返しお辞儀をしながら交番を出ると、数歩歩いて周りをきょろきょろした。やがて何かを思い出した顔で、信号に背を向けて歩いていく。

「そっちじゃない……！」

北斗の心の叫びもむなしく、老婆は駅と反対方向へ消えていこうとしていた。見ていられない。

北斗は奥にいる上司に声をかけると、交番から飛び出した。

夕方になって北斗が書類の整理をしていると、上司が湯呑みの茶をすすりながら覗き込んでくる。交番勤務三十年の大ベテランだ。

「昼間のおばあちゃん、喜んでたろ」

見た目は厳つく、タバコ臭い上司だが、近隣の人々や近くの商店街の皆さんからの信頼は厚い。尊敬する上司だった。

「え？　あ、そうですね」

一瞬、何のことだかわからなかった。

「結局、駅まで付き合ってやったんだろ？」

「ええ。乗り換え方もよくわからなかったみたいなので、駅員さんに引き継ぎましたけど」

「今日び、ＩＣカードでなく切符だったんだよな。おまけに荷物も持ってやって、おまえは偉いよ」

と、あまり偉そうに思っていないような口ぶりで上司が笑った。

「ちょっとやり過ぎだったでしょうか」

北斗が神妙に尋ねると、上司は熱い茶に舌を焼いた。

「あちち。いいんじゃないか？　ぜんぶを出来るわけじゃないけど、俺たち警察官っていうのは突き詰めれば、みんなの幸せのためにいるんだ。正義だなんだって難しい話もあるけどさ、俺に言わせれば、星がたくさんついてる本庁の偉いさんより、おばあちゃんの荷物を持ってやれるおまえのほうがよっぽど警察ってものをわかってると思うよ」

「はあ……」

「〝北斗〟。旅人の道標になるように、だろ？　おまえのおふくろさんがつけてくれたっていう、その名前。その通りやってるじゃないか」

北斗は小さく礼を言って、書類に目を戻した。うれしいが、こそばゆい。上司の言うような立派な志で警察官になったわけではないと、自分がいちばんよくわかっているのだ。

目の前をダンプが通り過ぎ、窓ガラスが少し揺れた。

警察無線が鳴った。――至急、至急。東京大学大学院理学系研究科附属植物園本園内、男が暴れているとの通報。男は刃物のような凶器を振り回しているとのこと……。

「東京大学大学院理学系研究科附属植物園本園というと、いわゆる小石川植物園ですね」

「小石川後楽園と間違えた酔っ払いが暴れてるのかもしれん。でも刃物というのは物騒だ」

北斗は書類を一旦閉じると、すぐに立ち上がった。

「俺、行ってきます」

交番から飛び出した北斗は、巡邏用の白い自転車にまたがる。立ちこぎで走り出すと、モーター音を立ててライトが道を照らした。

自転車で十分も走れば、問題の小石川植物園に着く。鍛えた北斗の立ちこぎなら五分で間に合うだろう。

何はともあれ怪我人が出ないでくれよな、と祈りながらペダルを回していた。怪我人が出てしまったら、救急車が必要になり、医者が必要になり、と連想が進み、勝手に白衣姿の父親と弟が思い浮かんだ。

頭の中に浮かんだふたりの冷たい眼差しを、ペダルの回転で振り切る。俺は別におまえたちに会いたくないから怪我人が出ないでくれと祈っているわけではない。

小石川植物園に着いた。

自転車を止めて、無線で現着を報告する。

東大生と思われる学生たちや植物園に来ていた家族連れなどで、向こうに人だかりが出来ている。

人々の悲鳴を縫うように男の声がしていた。

そちらへ小走りで向かうと、北斗は目を疑った。

着物姿の男が周囲の人間を威嚇しながら暴れていた。

そうなのだが、まったくそうではない。

はっきり言ってしまえば、袴姿の男がチャンバラよろしく暴れているのだ。

時代錯誤はなはだしい。

街灯の光を跳ね返す三日月状の何かがきらめいている。凶器か。だが、あの長さは包丁とかナイフとかではない。日本刀だ。

水道橋近くの剣道場から出てきた酔っ払いが、居合刀で暴れているのか。

いや、捜査に予断は禁物だ。

「警察だ。手にしている物を捨てなさい」

逮捕術の基本――穏やかに聞き取りやすい発声で相手に語りかける。

逆上させてはいけない。

被疑者や現行犯人などを制圧・逮捕・拘束するための技術が逮捕術だが、もうひとつ、自分も他人も怪我をさせないという重要な目的がある。

警察官が毎回受傷していたら命がいくつあっても足りないし、被疑者や現行犯人に必要以上の怪我を負わせれば、事件捜査やその後の裁判に支障をきたし、国家権力にかである。

よる人権蹂躙にもなる。人質や見物人などの第三者が殺傷されるなどはもってのほ
男が北斗に気づき、向き直った。

北斗が大きく後ろに飛び退く。自転車にぶつかり、自転車が倒れる。

ついさっきまで北斗がいたところを、男の気合いと共に白刃が通過していた。

避けられたのは剣道をやっていた偶然だ。

剣道をやっていたおかげでわかったことがもうひとつある。

――こいつは本気で人を殺そうとしている。

ご丁寧に月代を剃り上げた侍の身なりをしていた。カツラではないのだろうか。目が爛々としている。左頰のほくろが印象的だった。どこかから撮影届が出ていただろうか……。

北斗は腰の警棒を取り、伸ばした。

「危ないから下がっていてくださいっ。スマホとかで撮らないでっ」と北斗が周囲に呼びかけたとき、初めて男が意味のある言葉を発した。

「ここは一体どこだ。小石川養生所はどこだ!?」

「小石川養生所？」

ずいぶん昔のことを言う被疑者だ。錯乱を装っているのか。

小石川植物園として知られる東京大学大学院理学系研究科附属植物園本園は、東京大学の管轄だが、ゼロから東京大学が作った場所ではない。

いまから三百四十年ほど前、江戸時代の徳川幕府が小石川御薬園として薬草園を造営したのが始まりである。江戸の人口が急増し、社会保障についても考えなければいけなくなったとき、特に人びとの福利厚生としての健康問題の解決として薬草を準備したのである。

もとは五代将軍・徳川綱吉の別邸の一部を用いていたが、八代将軍・徳川吉宗の時代に別邸の敷地全体を薬草園にしたという。

さらに吉宗が設置した目安箱に寄せられた意見から、貧病人への施薬院の設置が構想され、薬草園内に診療所が作られた。

これが小石川養生所だった。

やがて明治維新によって閉所され、東京帝国大学（現在の東京大学）に払い下げられて、今日に到る。

小石川養生所は三百年前に設立され、百五十年ほど前に閉鎖されているのだった。

男がまなじりを決して日本刀を構える。

「おぬしどころか他の連中も揃いも揃って面妖な身なり。やはり養生所は薬草の効能の実験場だというのはまことであったか」

「何を言っているのだ。話はゆっくり聞くから。手にしている物を捨てなさい」

北斗は再び呼びかけたが、男は日本刀を中段に構えた。

「何を言っているのか。刀は武士の魂。それを捨てろとは、何たる侮辱」

「そういう設定はいいから。はい。その手にしてる物を捨てて」

と北斗が警棒を構えた。

長さはあちらのほうが圧倒的に有利だ。

日本刀でたとえれば、警棒は小太刀くらいの長さしかない。

男が気合いの声を上げた。

考える暇もないとはこのことだ。

大きく飛び退き、間合いを切る。

周囲のギャラリーに逃げるように再度声をかけた。

ひとりでは無理だ。応援がいる。

肩の無線に触ろうとしたときだった。

男の背後でスマホを構えていた男子学生が、何かに足を取られて転んだ。

刀を持った男が学生に振り返る。

「あぶないっ」

気づいたときには北斗の身体が動いていた。

身を低くして駆ける。体が開いた男の左腕に肩からぶつかる。引き締まった男の腕が北斗を弾こうとする。

北斗はそのまま男を押し倒そうとした。

そのときだった。

北斗の背中を何かが激しく打ちつけた。痛い。熱い。足下がぐらついた。

放せ、という男の声が聞こえる。

北斗はそのまま男の筋肉質な身体を抱えた。

背中が痛い。

北斗は力任せに、男に喰らいついた。

だが、足下がふらつく。

そばには池がある。

考えるよりも先に、北斗は腰をひねって自分の身体ごと男を池に放り込んだ。


夏の終わりの夕暮れ、思ったよりも池の水は冷たい。

次の瞬間、世界から音が消えた。

水中にいることで身体の重みもだいぶ軽減される。

一緒に池に落とした男が暴れる感覚。

北斗は両手両足をばたつかせて対抗する。

気づく。

池の底に足がつかない。

思ったより深い。

ごぼり、と大量の空気を吐いた。男の足が北斗の腹に入ったようだ。

まず息をつがねば――。

しかし、男と揉(も)み合ったせいか、水面がどちらかわからない。

明るい方へ行きたい。

そちらが水面のはずだから。

だが、ゆらゆらと身体を揺らす池の水が光を不思議に屈折させていて、北斗は虹の光の檻(おり)に閉じ込められていた。

もがく北斗の足を誰かが引っ張る。ぐい、と身体が引かれる感覚がした。

さっきの男か。

逃げようともがくが、ぐいぐい足を引っ張られていく。

苦しい。

剣道なら三段の腕前だし、いまでも鍛えているが、水泳については警察学校でやったのが最後。潜水は得意ではない。

肺のなかの空気がすべて吐き出された。

無数の気泡がどこかへ流れていく感覚がする。

やがて意識が遠くなった。

*

どのくらいそうなっていたのだろうか。

気がつけば地面に仰向け（あおむ）けになっていた。

夜空に北斗七星が輝いている。

その七つの光が、北斗の意識を覚醒させていく。

視界に天の川が流れ、頬に草の撫（な）でる冷たい感覚があった。

すっかり暗くなっている。

誰かが引っ張り上げてくれたのだろうか。

右手には警棒が残っている。紐（ひも）が手首に絡まってくれていたようだ。

反射的に、ベストのポケットに入っている警察手帳と腰の拳銃、手錠の感触を確認する。

だが、何かがおかしい。

「天の川……？」

北斗は不意に違和感を覚えた。いくら東京大学附属の植物園とはいえ、ここは東京のど真ん中。夜空を覆う天の川がこれほどくっきり見えるのはおかしい。それどころか、街灯の光も見当たらない。

「ここは？」

北斗は上体を起こした。

どこか真っ暗な場所、としかわからない。

「おい。誰かいないか」

と声をかけて、あれだけ周囲にいた野次馬も、肝心の日本刀を持った侍ふうの男もいなくなっていることに気づく。

誰もいない。

真っ暗な夜のなか、ひとりぼっちというのがこんなに怖いものだとは思わなかった。

背筋に震えが走り、さらに驚くべきことに気づいた。

「俺の身体――濡れていない」

池に落ちたのも、水中で暴れたのも、息が持たなくなって意識が薄れていった感覚もすべて明瞭に手のなかにあるというのに。

冷たさではなく、得体の知れない何かに震えた。

北斗は肩の警察無線のスイッチを押してみる。だが、何の反応もない。池に落ちて壊れたのだろうか。いや、身体が濡れていないから池には落ちなかったのではなかったか。そんなはずはない。あれがまるごと幻だったとしたら、かなり重篤だ。

ふと気になって小型の懐中電灯を捜した。池に落ちたならこれも使えないかもしれない。

やや緊張しながらスイッチを入れると、白い人工の光が炸裂した。うわっ。思わず声が出た。ふふ。次いで笑い声が漏れた。明るいということは、それだけでこんなにも心強かったのだと再確認させられた。

「暗いくらいで怖じ気づいていたら、北斗七星の名前と桜の代紋が泣くな」

と独りごちると、北斗は思い切って立ち上がった。何かの花の甘い匂いがうっすらする。穏やかな空気だ。と、背中が痛んだ。

「どこからどこまでが本当にあったことなのか。それともいまが夢なのか？」

もし死んでしまったのだとしたら――要するにここがあの世だとしたら、これだけ真っ暗だとしたら地獄なのだろう。俺はそんなに悪事を重ねてきただろうか……。

あたりを懐中電灯で照らす。

池はない。

柵らしき物もない。

例の男はもちろん、大勢いた見物人たちもいないし、交番勤務で使っている白い自転車もない。

耳を澄ましても、車や人びとの往来する音は聞こえない。やはり悪い夢でも見ているのだろうか。

そのときだった。


覚悟。おのれ。死ね。卑怯者め。黙れ——。


向こうで男どもの騒ぐ声がした。内容は物騒だ。もしや例の男か。北斗は半分、警察官としての本能でそちらに向けて走り出した。残る半分は、人の声に気持ちが明るくなったからである。

けんかなら、町の治安のために止めなければいけない。

ついでに事情もいろいろ聞ければなおさらありがたい。

少し近づいたところで、急に高い金属音が響きだした。ライトを向けると男たち数人の手元で三日月のような白い光が反射する。日本刀だ。

北斗は息をのんだ。

ここでも長物が振り回されている。今度は複数だ。

北斗の印象では若武者ひとりを浪人ふうの男三人が囲んでいるように見えた。

「はいはい。そこの人たち。何しているの」

と、北斗は大声で呼びかけた。

今度は明らかに怪我人が出かねない構図だ。

「ええい、面妖な！」

と男のひとりが顔の前に手をかざして吐き捨てる。酒焼けしたようなだみ声だ。北斗の懐中電灯が眩（まぶ）しかったのだろう。

その隙に、若武者がその男の足を蹴りつけて転倒させる。三人の包囲が解けた。若武者が逃げようとするが、他の二人が立ちはだかる。

「逃げられると思うなよ」

浪人ふうが刀を振るう。

若武者が自らの刀でそれを受け止める。

「いい加減にしろ。手にしている物を捨てろ。全員逮捕するぞ」

北斗が警棒を持って割り込もうとすると、浪人ふうのひとりが迷わず刀を振りかぶった。

「あぶない！」

と若武者が北斗に向かって叫ぶ。そのまま、北斗にぶつかるようにして、北斗ごと地面に転がった。

浪人の刃がむなしく空を切る。

「あんたこそ、あぶないじゃないか」

と北斗が言い返した。若武者は返事の代わりに呻き声を上げる。

「ううっ……」

肩をかばっているようだ。

「怪我をしているのか？」

と若武者の腕に触れるとぬるりとした感触がした。

懐中電灯の光で見れば、肩口が赤く濡れている。

「貴殿には関係のないことです。早くお逃げください」

「そんなわけにいくか。あんたこそ逃げろ」

北斗は飛び起きる。

右手に警棒を構え、左手の懐中電灯の光で浪人たちの目を狙った。うわっ、と浪人のひとりが怯む。

目をやられなかった別の浪人が北斗を狙った。倒れたままの若武者が刀を振り、その浪人の足を切りつけた。

「ぐあっ」と浪人が倒れる。

「くそっ。ふざけた真似をっ」

視界が回復した浪人が刀を構えた。

北斗も懐中電灯を浪人の顔に向けつつ、警棒を構える。

荒い息が収まらない。

それはそうだ。いくら警察官でも、本物の日本刀を構えて殺気を発する浪人ふうの男と対決するなんて、一生に一度もない。むしろあってはならない事態だ。

これは剣道の試合ではない。撮影でもない。現実なのだ。

迷っていたら、間違いなくきっと殺される——。

警棒を握る手に汗がにじんだ。

夢ではないことは背中の傷が教えてくれている。

浪人が気合いの声を上げた。

来る——。

北斗は、剣道ならばあるまじき手を使った。

懐中電灯を浪人の顔に投げつける。警棒を横に倒す。浪人の白刃。身をかがめ、浪人の横を駆け抜ける。

警棒に手応え。一気に間合いを取り、振り向く。北斗は身を固くしていたが、浪人の刀が来るまえに抜き胴が決まったようだった。

浪人があばらを押さえながら睨んでくる。一本か二本、折れたかもしれない。

これは正当防衛だ、と北斗は自分に言い聞かせている。

その隙に若武者が立ち上がり、北斗の横で気丈にも右手だけで刀を中段に構えた。

「二対一。形勢逆転だな」

その北斗の言葉に、浪人は倒れているふたりに声をかける。何とか動けそうだと確かめると、浪人たちは逃げ出した。

北斗は追跡を断念した。怪我をしている若武者が気になる。

だが若武者が今度は北斗を警戒し始めた。

「その強い光を放つものといい、その髪型といい、おぬしは誰だ」

北斗は懐中電灯と警棒を持ったまま、軽く両手をあげる。

「俺は山口北斗。警察官だ」

「けいさつかん？」

「町と人びとの安全を守る者だよ」

浪人が去ってしまうとまたぞろ北斗の頭に、これは夢ではないかという思いがよぎった。

「町と人びとの安全を守る……奉行所の者か？　くっ……」

若武者が顔をしかめた。北斗が懐中電灯を若武者の腕に向ける。

「怪我をしているのだな。見せてみろ」

「断る」

「結構血が出ている。せめて傷口くらいきれいにしないと」

北斗が警棒を収めて近づく。若武者の息が荒い。まるで野生動物を相手にしているみたいだ。

血で濡れた左腕に触れると、ううっ、と若武者はかすかに声を漏らして構えを解いた。彼は苦悶（くもん）の表情で左肩をかばっている。

「ひどく血が出ているが、それだけではないのか」

「……さっき、おぬしにぶつかったときに肩をやったようだ。不覚」

北斗は交番勤務の標準装備をしている。固い物もある。若武者はそれらのどれかに肩を強く打ってしまったのかもしれない。

それにしても。

不覚、と来たか。

本物の武士のようだ。

夢なら夢で、これほどリアルな夢は滅多に見られるものではないから、せめて人助けはきちんとしておこう。

「すまなかった。助かったよ」

と北斗が笑いかけると、若武者は困惑したような声になった。

「おぬし……いい人なのか」

「いい人かどうかはともかく、よい警察官であろうとは思ってる」

「いや、やはり――」

若武者はまだ信用ならないのか、北斗の手から逃れようとした。ずいぶん汗も出ているようだ。

北斗は腰をまさぐった。小さなバックルがある。警察官の装備品ではないが、消毒液や絆創膏(ばんそうこう)がある。案外転んで怪我をする人も多いからだ。

若武者は北斗が腰に手を回したことでなおさら身をよじった。

「こらこら。暴れないの」

「い、いや。待たれよ」

「別に隠してた武器とか出すわけじゃないから。傷の消毒だから」

「しょうどく?」

相変わらず言葉が通じない。スプレー式の消毒液を見せたが、ますます怯(おび)える表情になっていた。夢なんてそんなものか……。

「怪我をしているのは、左肩だな」

と若武者の着物をはだけさせようとした途端、若武者は両足をばたつかせた。

「放せ！　無礼者！　やめろ！」

「……なんか俺、犯罪者みたいになってない？」

これではまるで自分が悪者みたいだなとうんざりしつつ、北斗はさっさと若武者の着物をはだけさせた。

肩口、上腕の辺りを切られている。

北斗は思わず絶句した。

傷口の凄惨さにではない。

懐中電灯に照らされた若武者の肩と鎖骨周りのあまりの白さに、である。

その若武者の胸元は陶器のようになめらか。

そこから下に目線をずらすと、その肌はすぐに見えなくなった。

白いさらしが巻かれて胸を覆い隠しているのだ。

北斗は目を大きく見開いた。

「え？　あ、あんた、ひょっとして――女？」

その瞬間。懐中電灯に照らされた若武者が、涙目で唇を嚙みながら、自由の利く右手で北斗の頰を思い切りひっぱたいていた。

どうか夢であってくれ——北斗は祈る念いだった。

夢でなければ始末書は何枚必要になるのだ？　この若武者——女武者が婦女暴行で訴えると言い出したら、時節柄も時節柄、警察官の不祥事として北斗の首はかんたんに飛ぶのではないか？　それは己の不徳だから仕方ないとあきらめるにしても、見知らぬ女性を深く傷つけてしまったことは何よりも悔やまれる。

「す、すまない。てっきり男だと思っていたんだ」

と北斗は抱きかかえた女武者に声をかけた。

植物園で暴れていた男と違って、彼女は月代を剃り上げていない。もっと注意深くなっていれば……いや、無理だったろうか。こんな異常事態に、髪型のわずかな違いで男女の違いまで思いつくのは厳しい……というのも警察官としては、ただの言い訳に過ぎなかった。

「…………」

女武者は答えない。たたかれた頬がまだ熱い。

男などとはひと言も言っておらぬ。私は柴田初音。故あってこのような身なりをしているが、女だ。——そのように並の男よりもよほど男らしく言い切ったあと、初音は黙っている。

北斗も名乗り返したのだが、はたして聞いていてくれたかどうか……。

そんなやりとりのあと、北斗は彼女の胸元を自分の警帽で隠しながら、傷口の消毒をした。肩は妙なへこみを見せている。

肩関節が外れている可能性があった。

あくまでも素人見立てだ。肩関節の脱臼でなくとも、鎖骨が折れていたりする可能性もある。早く病院へ運ばなければいけない。

だが、少なくともここは小石川植物園——東京大学大学院理学系研究科附属植物園本園ではない、ということくらいは受け入れていた。

「この近くに病院があればいいのだけど」

「びょーいん……」

「あー……怪我や病気を診てくれる場所なのだが」

北斗を睨んだまま、女武者・初音が言った。

「養生所なら近くにある」

ますます妙な話だ。現代の地図に、東京大学大学院理学系研究科附属植物園本園のそばに養生所なんてない。小石川植物園だったところのそばに養生所があるなどできすぎている。

けれども、いまは彼女の言葉を信じるしかない。

おぶえない彼女を抱きかかえ、言われた方向へ歩きだしたのだが、なるほど、軽い。たしかに女性の身体だと思った。

懐中電灯で何とか足下を照らして歩きながら、何度か謝罪の言葉を口にしているのだが、返事どころか目も合わせない。

「あと、どのくらいでつきますか」

と北斗が尋ねると、初音が「もうそこです」と小さな声で答えた。

その通り、闇の中に忽然（こつぜん）と板塀が現れる。塀沿いに歩くと門があった。ここが養生所らしい。実に古風な作りだ、とあえて考えておく。

当然、インターホンの類はない。

木戸をたたいた。

遠くで野良犬の鳴き声がする。

向こうから人の声がした。

「どなたか」

「怪我人がいるんです。診ていただけませんか」

相手を脅かしてはいけないと思い、懐中電灯を消して待つ。月が出てきたようだ。

「僧は敲（たた）く、月下の門」という漢詩の一節が頭に浮かんだ。

門の横の、小さな戸が開いた。

「怪我人というのは誰だ」

「いま抱きかかえています。若武者の格好をしていますが……」

戸をくぐって男が出てくる。手に、ろうそくの明かりを持っていた。

「外で怪我人の素性をあれこれ話すものではないな。入れ」

あまりにも男があっさり言うので、北斗のほうが驚いてしまった。

「よいのですか」

「怪我人だというだけで十分だ。あとのことはあとで聞く」

月代を剃っていない、いわゆる総髪の男である。どこか苦み走ったところがあったが、目元が涼しげだった。腰に大小を差していないから、侍ではないのだろう。

よかったなと声をかけようとして、北斗は目を見張った。初音が気を失っているのだ。急がなければいけない。

敷地に入った北斗は、その男に手早く話した。

「刀を持った男、三人に襲われていました。肩を切っているのと、おそらく肩関節を脱臼している。さっきまではがんばっていましたが、ショック状態で気を失ってしまったのだと思います」

初音の身体が熱い。熱も出ているようだ。

男の動きが止まった。「しょっく……？　オランダの言葉か？」

「いや、オランダの言葉ではありません」

この男もそうなのか。

いや、もう認めなければいけないのだろうか。

自分のほうが〝異邦人〟であることを。

だから、北斗は建物——純和風の、江戸時代のお屋敷のような建物に入ったときに、その男に尋ねた。

ここは何と言う場所ですか、と。

男は答えた。

「ここは小石川養生所。つい最近、八代将軍徳川吉宗さまによって作られた、誰でも受け入れる診療所さ」

＊

夜が明けて、眠りから覚めた北斗は真新しい、けれども見知らぬ木の天井を見て、胃の辺りが重くなった。眠れば元に戻るかという根拠のない賭けに出てみたが、そうはならなかった。

身につけたまま眠った警察官の装備をすぐさま確認する。

目の前には、昨日の女武者・初音が眠っている。

昨夜、あのあと、男——この小石川養生所を切り盛りしている岡本京助（おかもときょうすけ）という医者だそうだ——と共に彼女の処置をしたのだった。

医者ではないからと北斗は遠慮しようとしたのだが、消毒液とか脱臼とかいう言葉を知っている北斗は、京助から見れば十二分に医学に精通しているように見えたのだろう。

北斗の父も弟も医師だったから、普通の人より詳しいかも知れない。

剣道と警察官という仕事のおかげで、脱臼や骨折の処置も多少はできると思う。

ただ、現代では医師法があり、医師以外が医療行為を業としてなすことは許されていない。

躊躇（ちゅうちょ）して、ふと思った。

ここは江戸時代。

医師法もなければ、父も弟もいないのだ。

自分が持っている知識で誰かを助けられるのなら、協力してもいいのではないか。

わかりました。手伝わせてください——。

北斗は警察官装備のあるベストを脱いで渡された白い羽織を着ると、京助を手伝い始めた。

とはいえ、何から何まで勝手が違う。京助が必要とする道具を出すだけでもひと苦労だった。

「肩の関節が外れているのを戻さなければいけないのだが」と京助が険しい表情になった。「俺にはあまり経験がない。山口どの。どうか?」

「何度か経験があります」

北斗は剣道をずっとやっていて、整骨院のお世話になることは数え切れなかった。

唯一の問題は、目の前の女武者のような女性の細い肩の関節を入れたことがないことである。だが熱に浮かされている彼女の様子を見ていると、そんな言い訳をしていられなくなった。

慎重に。かつ大胆に。

北斗は大きな手に力を込めて、彼女の肩関節を何とかはめることが出来た。

失神していてくれて助かった。肩を戻すときには激痛が走るそうだから。

肩の傷口の処置は京助がやってくれた。

彼女の処置はそれでおしまいだったが、京助は北斗の背中にも薬を塗り、湯気の立つ薬湯を突き出した。

「飲んでおけ。傷にいい」

「いや──」

二十一世紀において、背中の傷の治りを早くする飲み薬なるものは存在していないはずだ。況(いわ)んや江戸時代においてをや。ゲームのポーションでもあるまいし。

「遠慮するな。おぬしだってその浪人どもとやりあったのだろう」

「ええ。まあ……」

煮え切らない返事をするのには訳があった。

北斗は生来、薬と名のつくものを飲むのが異常なまでに苦手なのだ。錠剤もカプセルも粉薬も、小児科で出されるシロップ薬までも、なぜか嚥下(えんげ)できない。前世で一服盛られて死んだのではないかと本気で思っていた。

だが、ろうそくの灯りだけの暗い室内で眼光鋭く迫る京助の圧に屈し、北斗は苦い薬湯を何とか胃に収めた。熱くて舌を焼きながらであった。

さて、初音である。

これでおそらく大丈夫だろうとは思ったが、彼女は怪我人であると同時に北斗の命の恩人でもある。気になって付き添っているうちに眠ってしまったようだ。

どこかで鶏の鳴き声がしている。着ている制服が汗臭く感じた。ぼんやりしがちな気持ちと頭をしゃっきりさせるために大きく伸びをすれば、肩や首がごきごきと鳴る。

布団もなしで畳の上に寝転がっていたのだから、身体も凝っていた。こんな状況にもかかわらず、北斗の若い肉体は活動力を復活させていく。

ちょうどそのとき、初音が小さく呻いた。柴田さん、と北斗が控えめに声をかけると、初音はゆっくりと目を開いた。

「ここは――」

形のよい眉。たっぷりとしたまつげ。やや切れ長で目尻の上がり気味な目は澄んでいて涼やか。頰のやさしげな線は少年と少女の中間のような魅力があった。すらりと通った鼻筋はこれ以上の造形はないという感じで、その下のやや薄い唇は桃や桜の盛りも霞んでしまうような可憐さだった。

髪型がやはり総髪であるため若武者そのものだが、明るい日の光の下で見てみると宝塚の男役のトップをいますぐに務められそうな美貌である。

初音の美しい瞳が、北斗を認めた。

「小石川養生所です。あなたに案内してもらってたどり着けた。……あの、覚えていますか？　熱は下がりましたか？」

と、初音の額を触ろうと、北斗が手を伸ばしたときである。

「あっ……」

初音は驚愕に顔を歪ませた。左腕を固定されているのに、雷に打たれたように飛び起きると部屋の隅に逃げた。

北斗は内心傷ついた。

誓って言うが、昨夜から現在にかけて初音に手を出したりはしていない。

見慣れぬ格好の男であることは認めるにしても、昨夜のことをすっかり忘れてしまったわけでもあるまいに、それほど拒絶しなくてもよいではないか。

まあ、警察官なんて普段からそう思われてはいるのかもしれないが。

けれども、外面上は笑顔を保った。

「あー、あー。そんなに動いたら傷が。肩、まだ痛むでしょ？」

初音の唇が震えている。慌てて居住まいを正すと、正座をして雷に打たれたように頭を下げた。

「こ、このような見苦しい姿をお目にかけ、まことに申し訳ございません——上様」

「は？　うえさま？」

雀（すずめ）の子らが鳴いている。

小石川養生所の朝は今日ものどかだった。

第一章　江戸に来たおまわりさん

これまでの人生で、山口北斗が心底驚いたことは数えるほどしかない。

中学時代から好きだった女の子が高校生になって向こうから「ずっと好きだった」と告白してきたとき。卒業のときに絶対に銀時計を取ると思っていた弟が銀時計を逃したとき。初めての射撃訓練のとき。思い出せるのはそのくらいだ。

「う、うえさまって、つまり徳川吉宗だってこと？」

と北斗はあらためて自分の顔を指さした。

昨夜、岡本京助という男から、ここは徳川吉宗治下の小石川養生所だと教えてもらっている。

どうやら自分が江戸時代にいるらしいというのも驚きだが、混乱のほうが先に立っていた。理由が知りたい。どういう原理でこうなったかを知りたい。しかし、「上様」となると、驚きの段階はさらに上がる。

上様、ということは徳川吉宗を指すはずだ。現代の日本ではドラマ『暴れん坊将軍』の上様としても有名である。そのため、どうしても吉宗と聞くと暴れん坊将軍を演じていた松平健（まつだいらけん）の顔のほうが先に出てくる。

これまで自分の顔が松平健に似ているとは思ったこともないし、言われたこともない北斗である。

左腕を三角巾でつっている女武者・柴田初音は繰り返した。

「畏れながら、以前、公方さまの尊顔を拝見しました。そのときのご様子と瓜二つ」

「待ってくれ」と北斗は慌てて自分の服をまさぐり、警察手帳を取り出した。「ほ、ほら。ここ見てくれ。山口北斗。これが俺だ」

「……よくできた絵ですね。さすが公方さま。お抱え絵師も尋常の腕前ではないのですね」

「違うって」

写真を見たことがない初音には、身分証明の写真がかえって畏敬の対象になってしまったようだ。

「畏れながら上様、お忍びでいらっしゃいますか。その、ずいぶんと変わった髪とお召し物でいらっしゃいますが」

「そうそう。この髪、この服。どっちも〝上様〟ではないだろ？　俺は――」

未来から来た、と言おうとして北斗は口をつぐんだ。身分証明写真一枚でも理解させるのが困難なのに、未来というものを説明できる自信がなかった。

もし仮に説明できたとして、それを教えてしまっていいのだろうか。

「やはりお忍びでいらっしゃるのですね」

と初音がしたり顔で何度も頷いている。

「えっと。なんと説明していいかわからないのだけど、とにかく俺は将軍さまじゃない。他人のそら似だ」

そのときだった。養生所の門で人を呼ぶ男の声がした。

「ごめん。誰かおらぬか」

北斗は思わず聞き耳を立てた。職業柄、その男の声に同じ業種の人間の匂いを感じたからだった。

初音が何か言おうとするのを、「しっ」と人差し指を立てて静かにさせる。

廊下の向こうで京助がぶつぶつ言いながら門へ出ていくのがわかった。

「まったく。手伝いのおせきさんはまだだから俺が出ないといけない。昨夜は遅かったというのに……。ああ、いま出る。そんなに門をたたくな」

門がきしむ。

開けたようだ。

「すまんな。岡本京助どの。南町奉行所同心の神山源太郎だ」

「お役はご苦労なことだが、ここには寝たきりの病人もいる。あまり朝早くから騒ぐな」

「ちっ……お奉行の友人だからっていい気になりやがって」

「何か言ったか」

「何も言っておらぬ。それより、昨夜、近くで斬り合いがあったのか浪人がひとり、斬り殺されていた。その現場付近からこちらへ血の跡が続いていたので訪ねてきた。昨夜何かなかったか」

「ああ。怪我人が運び込まれてきたな」

京助どの、と初音が小さな声で悔しげにした。

「黙っていてくださると思ったのに」

「まあ、けいさ……同心に聞かれたら素直に答えるものだろうからな」

北斗は眉根を寄せた。斬り合いで死んだ？　昨夜、初音は浪人に刀を振るった。しかし、どれも致命傷になるような攻撃ではなかったはずだが……。

初音は立ち上がると、器用に右手だけで自らの刀を帯に差し入れた。

「あなたさまはここでお待ちください。私は故あって尊顔を存じ上げていますが、同心風情では天下の将軍さまの尊顔を知らないかもしれません。その場合、厄介なことになるかもしれない」

いまでも十分厄介なことになっているのに、これ以上の厄介はごめんである。女の子を前面に出して隠れているようなのは気分がよくないが、いまは従うしかないだろう。

初音は姿勢を正して大股で廊下を歩いていく。その姿、颯爽というにふさわしい。

「なんだ、おぬしは」

と源太郎の怪訝な声が聞こえた。

「朝からお勤めご苦労です。昨夜、こちらにお世話になったのは私です。家路を急いでいたところ、三人の浪人に襲われ、斬り合いとなりました」

「ではおぬしがその浪人を殺したのか」

「いいえ。腕や脚を斬りはしましたが、命に関わるような傷は与えなかったはずです」

その点については北斗も同感だった。暗がりとはいえ、そのくらいはわかった。

だが、源太郎は鷹揚に言った。

「下手人がみずから、はいそうですとは言わぬわ」

「しかし、事実です」

京助が口を挟んだ。

「その傷を見てみろ。左肩が外れていた。そのような状態で必殺の一撃ができるものか」

「その者の話では浪人は三人いたのだろ。ひとり殺したとして他のふたりとの斬り合いで肩を外したのかもしれぬ。それに、そもそもそんな傷がほんとうかどうかもあやしいものだ」

「俺の見立てにケチをつけるのか」

「血の跡はふたつあった。この者以外にも誰かいるだろう」

横柄な態度ながらなかなか有能だと、北斗は感心した。

「他に誰もおりません」と初音。

「そうは思わぬ。そもそもおぬしのような優男に人が殺せるとも思っていない」

「無礼者！」と初音が声を荒らげた。身体に触れるかなにかされたのか。「これでもそれがしは無外流を学んだれっきとした剣士だ」

「詳しい話は奉行所で聞こう」

「待て。この者は患者だ。まだ治療がいる」

「治療くらい奉行所でもやってやるさ。水でも塩でも好きなだけかけてやろう」

それは拷問ではないのか。

もう我慢できない――。

「奉行所へ同行しても構いませんが」

と初音が言ったときだった。

「待て。その人を奉行所になんて連れていかせない」

北斗は裸足で門まで走っていた。

黒紋付の羽織に、黄色い地の格子柄——黄八丈というのだそうだ——の着流しを着た男がこちらを睨んだ。時代劇で見る同心の格好そのままで、こんなときなのにわずかに感動する。

その同心、源太郎が顔を前に突き出すようにして驚愕する。

「なんだ、こやつは。この珍奇な格好、異人か」

うえさ、と言いかけた初音が大慌てで自分の口を塞いだ。

突然の北斗の登場に、初音は目を白黒させている。

「俺は山口北斗。あー……」

言葉に詰まった。警察官、は通じないのがわかっている。かといって、他に自分を定義できる何かも思い浮かばない。

京助が北斗の肩に手を置きながら言った。

「この男は俺の助手、つまり蘭学の医師見習いだ」

「医師見習い？」

源太郎が胡乱げな眼差しになる。

「そうだ。昨夜、外が騒がしくてな。それで様子を見に行ってもらった。そのときにこちらの男が怪我をしてたのを見つけて連れてきて、治療も手伝ってくれた」

「治療だと？　本当か？」

源太郎がこちらを睨んだ。

「ああ。かの、いや、この若いお侍の左肩が外れていたのを治療した」

「おかげでまだまだ剣術を磨けそうだ。礼を言う」

と初音が調子を合わせてくれた。

まだ何か言いたそうにしている源太郎より先に、北斗が言う。

「この人は三人の浪人に襲われていた。たったひとりで相手をしていたのだ。この人は手足のみを切っていた。相手は戦意を喪失して逃げていったよ。要するに、この人は浪人を殺したりなんかしていない」

北斗の証言に源太郎が怒りの表情になった。

「おぬしのような者が証言してもかえってあやしいだけだ。なんなら、おぬしにも奉行所に来てもらおうか」

見た目があまりにも見慣れていないせいだろう。源太郎はまったくこちらの言うことに耳を傾けようとしなかった。

だが、不毛な言い争いはそれほど続かなかった。

京助が険しい顔つきで源太郎を大喝したのである。

「改めて言うが、ここは養生所だ。いるのは患者か医者だけ。文句があるなら忠相を連れてこい！」

源太郎はその大喝にのまれたようだ。検分のために浪人の死体を持ってくると言い置いて、源太郎は養生所を去っていった。

道を曲がって源太郎が見えなくなると、京助は忌々しげに腕を組む。

「塩をまいてやりたいところだが、取りに行くのも面倒だし、大切な塩をあんな奴のために振りまくのも納得いかないからやらない」

「いまの、同心、ですか」

同心というのは江戸時代の下級役人のひとつだ。町奉行だけではなく、勘定奉行などの諸奉行や京都所司代、城代、火付盗賊改方などの配下だった。

「そうだ。町奉行所の者で町同心とも言う。与力の部下として下手人を捕まえるために走り回っている連中だ。あの男とは何度か話をしたことがあるが、意志が強いと言えば聞こえがいいが、少々頭が固い」

と京助がさらりと評した。

ちなみに、現代ふうに言えば与力は警察署署長くらいの地位であり、同心は現場の刑事くらいである。

　そこへ五十がらみの、日本髪の着物女性がやってきた。

「おはようございます。京助さま、どうなすったんですか。朝からそんなところに突っ立って。あらあら、お見かけしない方々も」

　彼女が通いで手伝いをしているおせきらしい。

「おお、おせきさん。おはよう。昨夜この若者が担ぎ込まれてきてな。いろいろあったのだが、とにかく朝飯にしてくれ」

「はいはい」

　おせきが軽やかに頭を下げて建物の中に消えていった。

「おまえさんがたも食べるだろ？」

　と京助が北斗と初音に尋ねた。

「他の患者の方々は」

「もちろんおせきさんが作ってくれるさ。まったくあの同心、文字どおり朝飯前だというのにご苦労なことだ」

　京助がふたりの返事を待たずに生あくびをしながら奥へ帰っていく。

「……いただいてもよろしいでしょうか」

「当たり前だ。おまえさんは十分働いてくれたし、怪我もしている」と言って京助は初音を振り返った。「おまえさんはだいぶ熱も出ていたし、粥（かゆ）のほうがいいか」

「かたじけない」

と言った初音の腹が大きな音を立てた。初音は、つと、誰からも目を背けた。

「ははは。粥では足りぬと文句を言っているようだな」

「………」

座敷に通された北斗と初音は、二人きりになってしまった。

京助もおせきを手伝いに行ってしまったからだ。

コンビニもなければ炊飯器もない時代である。米をとぎ、釜で炊き、汁を作らねばならない。

しばらくかかるだろう。

木々の葉が濃淡を作り、朝の日差しがまぶしい。

「気持ちのいい朝ですね」

「はっ」と初音が答える。

先ほど京助の前ではごく普通に接してくれたのだが、また「上様」だと思い始めたのだろうか。

「肩は、大丈夫ですか」

「はっ」と、また答えた初音が表情をあらためた。「先ほど、私の肩を治したのは上様だったとおっしゃっていましたが、まことでしょうか」

「えっと……俺が治療をしたのはほんとう。でも俺が上様というのは、ほんとうに申し訳ないのだけど、違うからね？」

初音が複雑な表情で小首を傾げている。

米が炊けていく匂いが漂ってきた。

会話らしい会話も続かないので、北斗としては間が持たない気持ちでいっぱいだったが、初音は正座し静かにしている。

やがて膳が来た。

「待たせたな」

と京助が白い歯を見せて初音の前に膳を置いた。その後ろからおせきが北斗と京助のぶんの膳を持ってきた。

炊きたての飯と熱い根深汁（ねぎの味噌汁）。生卵と大根を干した漬物。それだけだったがいまの北斗には何よりのごちそうだった。

両手を合わせて箸を取った。汁をすする。白いねぎがとろりと甘かった。飯は白い湯気すら甘く、一粒一粒がつやつやとしている。口に入れて嚙みしめれば、身体の奥底へ沁みるようだった。大根の漬物の塩味と歯ごたえがたまらない。

ああ、俺は生きている。北斗は思った。馴染みの定食屋の飯と味噌汁をどこか思い出させる懐かしさに、なぜか涙がこみ上げた。

「上様……」

と初音が気遣わしげにこちらを見ている。

その初音はといえば、男のように肘を張って飯をかき込んでいた。

北斗は笑顔になると、

「うまいです。ありがとうございます」

その間に京助は飯の上に卵を落として醬油を垂らし、飯と混ぜている。するすると食べる姿がいかにもうまそうだ。

北斗も卵かけご飯を作ろうとして、飯がすでにだいぶ減っていたことに気づく。

「おかわりなら、ちゃんとあるぞ」

という京助の言葉に甘えて、北斗はおかわりをもらうことにした。

「おかわり、頂戴します」

卵を飯の上に落としたとき、京助が口周りを拭って口を開いた。

「さて、飯のあとにゆっくりとと思っていたが、あんなに同心が早く動き出すとなればいまのうちに事情を聞いておいたほうがよいだろう」

初音は一度箸を置くと、姿勢を正した。

「昨夜、ときどきお世話になっている井原信三郎先生の道場で稽古をつけていただき、夕食をいただいたので屋敷へ戻るのが遅くなってしまいました」

「初音どのは湯島にほど近いところにお住まいだったな。――食べながらでいいぞ」

「はい、畏れ入ります――。それで近道をしようと養生所のそばを通ったところで、浪人どもが何やらあやしげな動きをしているのを見つけたのです」

「その浪人どもは……？」

「初めて見る男たちでしたが、酒に酔っていたようで。養生所をなじり、嫌がらせをしてやろうと息巻いていました」

京助が鼻を鳴らして腕を組んだ。

「相変わらずこの小石川養生所は嫌われているな」

北斗は小さく頷いた。小石川養生所の歴史を思い出したからだ。

小石川養生所は、八代将軍徳川吉宗が設置した目安箱への意見書が元となっている。医療はいつの時代も貴重で高価で、人間の生活になくてはならないものだ。だが、それでは額に汗して働いても貧乏に苦しむ人々は、病にかかったときにどうするのか。徳川の太平の世だからこそ、そのような者たちに無料で医療を施す場所を作ってほしい――。

無償の貧困者救済をうたった小石川養生所は志に賛同する者は多かったが、心の底では、「自分たちだってまともに医者にかかれないこともあるのに、貧乏人に治療など贅沢だ」という反発がなかったと言えば嘘になる。

また逆に「ただで診てもらえるというのはあやしい。きっと効くかどうかわからない薬や毒を患者の身体で試しているに違いない」という噂も出ていた。

要するに、養生所は敵だらけの場所なのだ。

「その浪人どもを呼び止め、そのような非道な真似はよせと声をかけたところ、奴らが刀を抜きまして」

「そのせいで斬り合いになったということか」

「はい」

京助が根深汁の残りを口に入れて、北斗に目を向けた。

「それで、山口どのはどうしてその場所におられたのか」

すると、途端に初音が難しい表情になった。

「これには私にも計り知れぬ理由があると推察しますが……京助どの。こちらの方は実は上様なのです」

「何だって!?」

「違う！」

京助と北斗の声がぶつかった。

何か気持ち悪いものを見るような目で、京助が北斗の頭から足までを眺め回した。

「俺は町奉行の越前とは子供の頃から一緒にいたからよく顔を知っているが、あいにく、公方さまのお顔は存じ上げない。本当に上様なのか」

　さすがに京助も多少の遠慮が混じっている。

　北斗はもう一度否定した。

「違うんです。俺は山口北斗といって」

　京助が右手を小さくあげた。

「大丈夫だ。俺は公方さまのお顔を存じ上げないが、そんな髪型や着物が公方さまのものだとは思わない」

　北斗が安堵の息を漏らす。だが、初音がかえって目をつり上げた。

「何を言っているのですか、京助どの」

　京助という味方ができたことで、北斗は彼女に説明するだけの多少の心のゆとりができた。

「京助さんの言っていることのほうが正しい。俺は――」未来から来たと言いかけて、言葉をのみ込む。別の話へ変えなければいけない。「きみはどこで上様にお目にかかったんだ？」

　すると初音はやや怪訝な表情になり、膝の上に手を置いた。

　京助が初音に尋ねる。

「初音どの。おぬしの身の上を話しておいたほうがよいと思うが、この御仁が上様ではなかったとしてもいまここで話してよいか？」

「——はい」

京助がこちらに向き直った。

「彼女は、老中・水野忠之の妾腹の娘なのだ。ゆえあって父上とは離れて暮らしているがな」

「老中の娘……」

と、北斗は初音の顔をまじまじと見つめた。妾腹でも老中の娘ともなれば、吉宗の顔を見知っていても道理である。

「あまり娘、娘、と連呼しないでください」

と初音が頬を赤くした。

こうして見ると十七、十八くらいのかわいい娘そのものである。

なかなかに恥ずかしかったのか、初音は飯を再びかき込み始めた。

「ああ、すまない」

「いまは剣術が無性に楽しいのです。いましばらくはこの格好を捨てるつもりもありません。……それで上様には父と共に尊顔を拝したことがあります。そのときは女の格好でしたが」

と声が小さくなった。

「そんなに俺は上様に似ているのですか」

「はい。まるで生き写しです」

そこまで言われれば北斗といえども興味は湧いた。湧いたが、ここははっきりしておかなければいけない。

「初音さんが上様に直接会ったうえで、俺と似ていると言っているのはわかりました。けれども、やっぱり俺は上様ではない。――そもそもいまは何年ですか」

「享保八年四月です」と初音が即答する。「……ほんとうにご存じないのですか」

京助が、残っていた大根の漬物をぱりぱりやりながら腕を組んだ。

「記憶を失った、という可能性も捨てきれないが、万一、公方さまにそのようなことがあればもっと大騒ぎになっているだろう。少なくとも忠相が俺に相談に来る。記憶をなくした患者が保護されなかったかとか、失われた記憶を戻すことはできるのかとか」

「はあ……」

初音が肩を落とす。

「身なりは異人に似ているし、髷もない。〝警視庁〟という文字は、おぬしの勤めていた役場か何かか」

「はい。えっと、役目としては同心みたいなもので」

初音が固まっている。

「上様が、同心……っ」

その初音の様子を見ていると何だか申し訳ない。

「初音どの。この御仁については本人の言うとおり、上様ではないというのが妥当な判断だと俺は考えるね」

「左様でございましたか……」

と、初音が箸を置いた。

「上様ではないとわかって意気消沈して飯を進める手がやっと収まってくれたな。初音どのの腹は底なしよと見ていたが、おせきさんに新たに飯を炊いてもらわなくてもよさそうだ」

京助がからかうように言うと、初音がはっと気づく。すでに飯の四杯も腹に収まってしまっていてはどうしようもない。初音は頰を赤くして視線を外した。

「炊きたての飯と卵がとてもおいしかったので。上様ではないかと興奮して箸も早くなりました」

「しっかり食べるのはいいことだよ」

と北斗が慰めのような冷やかしのような言葉を投げかけ、初音はますますそっぽを向いてしまった。

悲しいかな、北斗は、年頃の娘にいまの言葉はまるで褒め言葉に当たらないというのがわからない程度には朴念仁な人生を生きてきていた。

その北斗はおかわりは一回きりなのだからどうしようもない。

朝食のあと片づけをしていると、京助がこんな提案をしてくれた。

「いずれにしても、その格好は目立つ。髪はどうしようもないとしても、服は俺のものを貸してやろう」

「着物姿になったらまた上様に間違えられませんか」

「そもそも上様の顔を知っている人間にそうそう会うものではないさ」

北斗は身長一七五センチ以上あったが、京助もほぼ同じくらいの目の高さ。貸してくれた着物と袴はちょうどよい寸法だった。剣道をしていたおかげで、着方はだいたいわかる。

「どうでしょうか」

と京助に見てもらう。

「なかなか似合っている。初音どののもそう思うだろ？」

初音はまともに北斗を見もせず、口のなかでぶつぶつ呟いただけだった。嫌われてしまったかもしれない……。

またしても門で呼ばわる声がした。

「ごめん。岡本京助どのはおられるか」

その声を聞いて京助と初音、北斗は嫌な顔をした。源太郎の声だったからだ。

しかし、無視するわけにもいかない。

京助を先頭に北斗と初音もついていった。

源太郎は背後に数人の男と筵(むしろ)のようなものをかけた大八車を従えている。北斗の顔を見て何か言いたそうにしたが、それより先に京助が言葉を投げつけた。

「今度は何用か」

「先ほどは失礼した。あらためて岡本京助どのに殺された浪人の検分をしていただきたい」

「ふうん？　うしろのがそうか」

「はい」

「では入れてくれ。すまんが、ふたりもつきあってくれ」

京助が指示を出すと、大八車に乗せられた死体が運び込まれていく。「似合ってるじゃないか」とすれ違いざまに源太郎が北斗に言った。初音の目が軽くつり上がっている。

死体は裏へ運ばれた。昨夜、初音を治療したところでも、他の患者の目が届く場所でもない。

「霊安室みたいなところか」

「れいあんしつ……うえ、北斗どのはときどき難しい言葉をお使いになりますね。どこの言葉なのですか」

と初音が小声で尋ねてきた。

「遥か遠方の言葉です」とだけ答えておく。

京助が紙を鼻から下に垂らす。マスク代わりだ。京助が合掌し、初音と北斗もそれにならう。京助が筵をめくると、絶命した浪人の顔が露わになった。

「ふむ……。多少の打ち身はあるが、首を切られたのが致命傷だな」

と京助が検分する。

「何によって切られた傷か、わかりますか」

「包丁のようなものではこれほど長い傷はつかないだろう。刀だろうな」

京助が初音と北斗を促した。

浪人の顔を見て初音が目を見張る。

「違う」

「え？」

「私が昨夜襲われた浪人どもとは、ずいぶん顔つきが違います」

「なんだと？」と源太郎が眉間にしわを寄せた。

「嘘偽りのないことです。北斗どの、そうですよね？」

しかし、北斗は初音の言葉に素直に頷けない。

「この男。俺は知っている……」

「北斗どの!?」

初音が驚きの声を上げ、源太郎がちょっと驚いた顔をしたあとでにやにやと笑った。

「だそうだ。残念だったな、若いの。大方、ふたりで口裏を合わせようとしていたのだろうけど、かんたんに裏切られたな」

「なっ」

「続きは奉行所でゆっくりと聞かせてもらおうか」

と源太郎が初音の腕を掴もうとしたときだった。

「やめろ。かの、この人は知らなくて当たり前だ。そうだ。この人は知らない。俺しか知らないはずだ」

源太郎のみならず、初音や京助も北斗に注目した。

「どういう意味だ」

と、源太郎の矛先がこちらに変わる。

「昨日の夜、この若い侍を浪人三人が襲っていたのはそのとおりだ。けれども、この男はその三人ではない」

「では、なぜおぬしはこの男を知っていると言った？」

「俺は彼が浪人たちに襲われるまえに、別の浪人が刀を振って暴れているのを見ている。その浪人がこの男だ」

「なんだと？」

　源太郎が苦い顔をする。北斗は源太郎を無視して、浪人の死体にかがみ込んだ。筵をめくりあげて全身を確かめる。

　間違いなかった。北斗が最初に東京で会った浪人ふぜいである。昨日の夜、初音を襲っていた浪人三人は袴をはいていない、いわゆる着流しだったが、この浪人は袴姿で、それもあの浪人――小石川植物園で刀を振り回していた男と一致する。人相も、左頬のほくろが同じだ。

「どうしてこんなことに……」

　源太郎が上から声をかけてきた。

「たしか山口某とか言ったな、おぬし。この浪人についてはまだほとんど何もわかっていない。知っているというなら詳しく教えてもらおうか」

　北斗が首を横に振る。

「俺が見たときには刀を振り回して、養生所はどこだと探していた。あぶないから刀を捨てろと呼びかけて、そのうちにもみ合いになって」

から、この男の持っていた刀でも使ったか。まだこの男の刀は見つかっていないからな」

「じゃあ、この男の持っていた刀でも使ったか。まだこの男の刀は見つかっていないからな」


「それで殺してしまったのか？」

「違う！」と北斗は即答した。「第一、俺は刀を持っていない」

「それについては俺が保証しよう」と京助が口を挟む。「この人の持ち物はこの養生所にぜんぶあるが、棒状のものはあっても刃のついたものはない」

「じゃあ、この男の持っていた刀でも使ったか。まだこの男の刀は見つかっていないからな」

　今度は北斗を疑うことに決めたような源太郎を、初音が睨んでいる。だが、その初音をも北斗は無視し、遺体を見つめながら続けた。

「その刀を探したほうがいいでしょうね」

「ああ？」

「俺は医者ではないが、医術について多少は知っている。この切り口は刀のような長い刃物でついたものだろうが、たぶん――」

「たぶん、なんだというのだ」

　父と弟が医者だったせいで、警察学校で法医学に関する授業は割とまじめに聞いていた。同期からは、露骨な刑事志望かと揶揄されたものだったが、いま心底よかったと思った。

「この切り方、いわゆる斬り合いでできた傷とは少し違う。おそらくは自分自身で切ったと思われる」

「自分で？　つまり自害したというのか」と源太郎が眉を歪める。京助が「そんなことまでわかるのか」と興味深げにしていた。

北斗は立ち上がると初音の手を取る。初音が目を丸くした。北斗どの、という声を無視して北斗は彼女の手の甲を上にして指を確かめた。

「やはり」

「あのぉ。何がやはりなのですか」初音の頬が若干赤い。

北斗は源太郎と京助に、彼女の指の関節を見せた。

「昨日の夜、浪人三人とこの方は斬り合いになった。当然、斬られたくないから鍔迫り合いもあったはず。命をかけた鍔迫り合い——となれば指は真っ赤になる」

初音の指の関節あたりは真っ赤になっていて、皮が少しむけて血が出ている。

「ふむ。ところがこの浪人の指はきれいなままだというのだな？」

と京助が死体の手を確かめた。

「もし俺やこの人が、この浪人を斬ったとしたら相当な返り血を浴びたはず。でも俺たちの衣服はほとんど血で汚れていない。それは今朝方あなたも見たでしょう」

「…………」

「それにあなたはもっとも大事なことを忘れている。この人は左肩が外れていた。その状態で左首をここまで斬ることは出来ない」

　源太郎は顔をしかめたままである。

「……もし自害したのだとしたら、なぜ切腹ではないのだ？」

　至極もっともな疑問だった。武士たるもの、自刃する場合には堂々たる切腹をせよと元服のときに習うと聞いたこともある。

「それは……わかりません」

　源太郎は自分の首の後ろをたたくようにしながら、北斗をじっと見た。

「いずれにしても嫌疑は晴れていない。少し話を聞かせてもらおうか」

　北斗は戸惑った。このまま奉行所に引っ張られて、どうなるのだろうか。ここは江戸時代。近代の刑事訴訟法などはない。拷問は禁止されていない。初音が連行されるのも怖かったが、彼女の場合、万一のときは自分の素性を明かせば老中が動いてくれる見込みがある。しかし、北斗にはそのような後ろ盾めいたものはなかった。

　それに、警察官である北斗は「自分が犯人ではない」という証明は相当難しいことを知っている。

「その男は俺の大切な助手だ。引っ張っていかれたら困る」

　と京助が助け船を出してくれた。

　だが、最初から初音と北斗をあやしいと決めてかかっていた源太郎は、そんな言葉で思いとどまりはしなかった。

「助手も大事だろうが、こちらはお上の役目だ」

そう言って源太郎が北斗の腕を摑んだときである。

「これまでの様子で奉行所へ連れていくのは、いささか乱暴ではないかな」

落ち着いた低めの男の声がした。

「誰だ」

と源太郎が振り返れば、建物の入り口に深編笠（ふかあみがさ）をかぶった着流しの男が立っている。腰には大小の刀を差し込んでいた。

「源太郎、おぬしがお役目に熱心なのはかねてから評価しているが、この者たちは今回の下手人ではないと、私は思うぞ」

と編笠を取りながら男が言うと、源太郎の顔がさっと白くなった。

「あ、あ……」

源太郎のみならず、同心どもが言葉に詰まる。その代わり、京助が愉快そうに相好を崩した。

「忠相。やっと自分で出てきたか」

編笠を取った顔も楽しげに笑っていた。

色白でやや面長の、美男だった。

眉はまっすぐ凛々(りり)しく、目元は涼やか。力強い鼻筋と引き締まった口元。月代もあおあおと剃り上げて整った髷。まっすぐな背筋と相まって清らかな人徳のようなものを感じさせた。

「うちの源太が朝から賑(にぎ)やかでな。気になって出てきたよ」

源太と親しげに呼ばれた源太郎は、冷や汗を垂らしながら深く頭を下げている。

初音も伏し目がちに頭を下げている。北斗が、ぽかんと「ただすけ」なる人物を見つめていると、初音に袖を引かれた。

「南町奉行・大岡(おおおか)越前守忠相さまです」

超がつく有名人である。

歴史的には八代将軍・徳川吉宗の片腕として、享保の改革と称されることになる政治を助けた人物として。

また北斗の両親や祖父母の世代には、『水戸黄門』などと並ぶ長寿時代劇ドラマ『大岡越前』の主人公として。

慌てて頭を下げたものの、眼球を必死に動かして、北斗は大岡越前を盗み見ようとしていた。

「お奉行。しかし、ご覧ください。この者、髷もなく、いまはまともな服装ですが今朝方は見たこともない衣裳(いしょう)を着ていまして」

と源太郎が忠相に報告する。

「あやしいからといってすべて下手人とは限らない。現に先ほどのこの者が語った話はそれなりに理屈が通っているように思える」

「は、はあ……」

「まず死んだその者がどこの誰かもまだ調べがついていないではないか。早急に調べよ。それからまだ見つかっていないその者の刀を探せ。死体は奉行所に引き戻せ」

忠相が命じると、源太郎たちは浪人の死体と共に奉行所へ戻っていった。

「さすがだな、忠相」と京助が楽しげにし、忠相を含めて居間に誘った。

おせきが茶を出す。

ありがとう、と忠相が屈託なくおせきに礼を述べた。当たり前だが、忠相が普通に茶をすすっている。これが大岡越前か、と北斗は凝視していた。いつの間にか、口が軽く開いている。北斗どの、と初音が小声で諫めた。

その声に忠相が気づく。

「初音どの。お怪我は」

「はっ。不覚を取りましたが、養生所の治療、よろしきを得て」

今度は北斗が小さく初音の袖を引いた。

「知り合い、なの？」

「父が老中ですから」

忠相が口の端をあげ、北斗のほうを向く。

「初音どのの素性を知っている人間は限られている。当然、与力や同心では知るところではない。源太郎が女のように整った顔の若武者と言っていたのも気になって出てきたのだ」

「そ、そうでしたか」

緊張する。

茶を飲もうとして舌を焼いた。

「それにしても」と忠相が目を細めた。「似ている」

一言で十分だった。

間の空気が変わる。

「や、やはり、上様に似ていますよね？」

と、我が意を得たりとばかりに初音が確認した。

忠相が頷く。

吉宗の改革の一部を担っているだけではなく、個人としても忠相は吉宗と交流が深い。

大岡忠相は、一七〇〇石の旗本・大岡忠高(ただたか)の四男として、江戸に生まれた。普通、四男であれば家督は継げない。それどころか浪々の身になるか部屋住みの厄介者になるところだったが、同族の大岡忠真（ただざね）の養子となると共に、忠真の娘と婚約し、五代将軍・徳川綱吉に御目見（おめみ）えをした。

忠相の養父・忠真は、徳川家康（いえやす）に仕えて家督を継いだ大岡忠世（ただよ）の子であり、書院番を務めた人物。忠相は紆余曲折（うよきょくせつ）を経てその養父の家督と所領を継いだ。さらに寄合旗本無役から書院番を皮切りに昇進していく。

そんな忠相と吉宗の接点が生まれたのは、忠相が遠国（おんごく）奉行のひとつである山田（やまだ）奉行のときだと巷間（こうかん）の噂となっている。

すなわち、奉行支配の幕領である山田と、吉宗の紀州藩領である松坂（まつさか）で境界を巡る訴訟が起こったときに、たびたび裁判沙汰となっては松坂有利の前例があったのだが、忠相はそれに囚（とら）われずに公正な裁きを下したのである。

これを聞いた紀州藩主だった吉宗は、その裁きを下した大岡忠相という男に興味を持った。

紀州徳川家は言うまでもなく徳川家康の男子を祖とする御三家として徳川宗家を支え、宗家男子が絶えたときには将軍の血統を保持する役目がある。その紀州藩に対し、何らの忖度（そんたく）も手心も加えずに公正な裁きを下す態度は、吉宗にとって好ましかった。

時が流れ、吉宗が八代将軍として徳川宗家将軍職を継ぐこととなった。

吉宗はかつての名裁きを忘れていなかった。六十代での就任が多かった江戸町奉行に、吉宗はまだ四十代の忠相を据えたのである。

忠相は主命に応えるべく襟を正して奉行職を務めているし、忠相の高潔な人柄は江戸庶民にとって吉宗の改革の象徴のような存在だった。

その忠相が、北斗を吉宗と似ていると評したのである。

「さほどにか」

と京助が短く聞き返す。

「うむ。ただし、こちらの山口北斗どののほうが、やや若い」

京助が茶を飲む。

「忠相がそこまで言うなら、そうなのだろうな」

「京助さま。私の言葉では信じていなかったのですか」と初音が眉をあげた。

「うむ？　まあ、そういうわけではないのだが……」

京助は苦笑しながら首をすくめる。北斗も苦笑いをし、これで終わりかと思ったがそうはならなかった。

忠相が威儀を正す。

「山口北斗どの、で間違いないな」

これは取り調べだと、北斗は職業柄、場の空気を察した。

「はい」

「生まれは」

「とう――江戸です」

「江戸？　それにしてはいろいろと不案内なようだが？」

北斗は内心で舌打ちする。思わずほんとうの出身地を答えてしまったのだ。

「生まれは江戸ですが、そのあと親の都合で他国へ行きました」

「他国。どの辺りかな」

「上野国(こうずけのくに)や下野国(しもつけのくに)に」現在で言えば、群馬県や栃木県だった。

忠相は静かに茶を飲む。

「紀州へは行ったことはないか。縁者がいるとか」

紀州は二十一世紀の和歌山県である。

徳川吉宗の出身地であった。

「紀州はまったく縁がなく」

ふたりのやりとりを、京助は静かに、初音はどこかはらはらと見つめていた。

軒先あたりで猫の鳴き声がする。のんびりした鳴き声ではない。けんかするような激しい鳴き声だ。全員の視線がそちらに動いた。

白い猫がいままさにねずみと格闘をしていた。

「あれ、まあ、たまがねずみを取ってくれてるよ」と、向こうから出てきたおせきが笑うより先に、北斗は飛び上がった。

「ねずみっ!?」

そのままとにかく部屋のなかでもっともねずみから遠いところへうずくまる。

「北斗どの!?」

「ダ、ダメなんだ。俺、ねずみが」

頼む、早く始末してくれと、北斗は猫に祈る気持ちだった。

「ふ」と忠相が吹き出す。

「ふははは」

と、京助もつられて笑い出した。

「北斗どの、ねずみが苦手なのですか」

笑わないでくれているのは初音だけだった。

「ああ。昔、ばあちゃんの家でねずみ取りをして、そいつを殺すのを見てしまってからダメなんだ」

「ははは。ねずみが苦手か。江戸にはそこいら中にねずみがいるというのに」

京助の言葉に、北斗はいまさらながらに気が重くなった。ここは江戸時代。現代日本と衛生状況は大きく異なる……。

「ふふ。――笑ってすまなかった。しかしこれで、おぬしが上様ではないことははっきりした。上様はねずみに驚いたりはしないから」

と忠相が笑いを収めて言った。

「疑いが晴れてよかったです」

大岡越前のお墨付きとなれば、なおさらである。

哀れなねずみは白い猫にくわえられて、どこかへ運ばれていく。

「北斗どのはさきほど、江戸の出身と言っていたがまことだな？」

「ええ。もちろん」

「それを聞いてさらに安心した」

今度こそ、忠相は朗らかな笑顔を見せた。

「何を安心なさったのですか」

と初音が聞くと、忠相は笑顔にやや意味のあるものを混ぜ、

「もし紀州出身だとしたら、この男が上様にとっての初音どのではないかと疑わなければいけないところだったということさ」

しばらく考えていた初音だったが、意味がわかると頬を赤くした。

「なっ。上様にかぎってそのような」

北斗も苦笑を禁じえなかった。

　忠相は、北斗があまりにも吉宗に似ていることに驚いた。だが、同時に吉宗よりも若いことに注目し、北斗は上様ではないが、上様の御落胤(ごらくいん)ではないかと考えたのだ。北斗の年齢から、将軍になってからではなく紀州藩主時代の出来事を疑ったのだろう。

「まあ、初音どのにはまだ早かったかな。ははは」と京助が笑っていた。

「京助どのまで。からかわないでください」

「あの、なんかすみません」

　と北斗は頭を下げておく。

「そうです。元はと言えば北斗どのが上様に瓜二つなのがいけないのです」

　初音が北斗に八つ当たりしたときだった。

　門のところで人の呼ぶ声がした。

　声は激しい咳(せき)にかき消されそうになっている。


　やってきたのは職人ふうの格好をした男だった。朦朧(もうろう)とした表情で、息が荒い。やはり職人ふうの男が隣を支えている。

「先生！　京助先生！」

「どうした、文吉(ぶんきち)。一緒にいるのは又七(またしち)か」

「へい。又七の野郎、一昨日からひどい熱で現場で倒れてずっと寝込んでたんでさ」

意識朦朧という雰囲気なのが又七で、それを支えているのが文吉だな、と北斗は心のなかに書き留めるようにする。

「現場で倒れた？　たしか又七は」

「火消しです。野郎、纏を屋根の上で振り回そうとしてそのままぶっ倒れて」

「おいおい。どうしてそのときに連れてこなかった」

京助が又七の脇に肩を入れて支える。

「いや、何せ俺たち町火消しは現場が第一なもんで」

「役目熱心なのはいいことだが、頭でも打っていたらどうするつもりだったのだ。忠相が悲しむぞ」

と京助が言うと、後ろから忠相が「そのとおりだぞ」と顔を覗かせる。

「こりゃあ、お奉行さま。とんだところで」と文吉が恐縮する。

又七のほうは忠相にすら気づかないのか、ぼーっとしていた。

北斗は文吉に代わって又七を支える。

「こちらは俺がやります」

文吉が何か言いたそうにしたが、京助が「俺の新しい助手だ」と言えば、一も二もなく北斗に任せてくれた。

「ずいぶん熱いですね」

「昨夜まではまだ受け答えも出来て、ずっと身体の節々が痛えって訴えてたんだけど、今朝になったらこんなで」

京助と共に、又七を処置室の布団に横たえる。

処置室の向こうの方に、広い板の間があって布団がいくつか敷かれていた。寝ているのはふたり。おせきと他の見習いの若い男たちが様子を見ている。様子を見る者のほうが患者よりもいまは多い。

「熱がそれだけ下がらないとなると、単なる風邪ではなく、はやり風かもしれんな」

と京助が又七の様子を見ながら、紙を鼻の下に垂らす。

「はやり風……」

「知らないかな。『はやり風十七屋から引きはじめ』という川柳があってな。十七屋というのは飛脚屋で、諸国を回る飛脚からこの風邪が始まるからそんなふうに言われている。普通は年の暮れや年明けに流行(はや)るものだが、ときどきいまくらいの時季でもかかる者がいる」

「富くじには当たらねえくせに、はやり風には勝手に当たりやがって」と文吉が洟(はな)を啜(すす)っている。

なるほど、と北斗は頷きながら「はやり風」が何なのかの見当をだいたいつけていた。

「京助先生。このはやり風というのは、普通の風邪と違って命にかかわる……？」

「そうだ。肺も一緒にやられて死んでしまうこともある。病を診ているこちらにもうつることがあるから、なかなかに厄介でな」

その言葉で確信する。

はやり風とはインフルエンザのことだ。

現代の日本でも誤解されがちだが、インフルエンザは風邪とまったく別物である。風邪は様々なウイルスによって引き起こされるが、インフルエンザは、インフルエンザウイルスに感染することによって起こる。

もちろんこの享保の時代にウイルスの存在はわかっていない。

インフルエンザの場合、三十八度以上の発熱、頭痛、関節痛、筋肉痛、全身の倦怠感などの症状が急速に現れる。それ以外に普通の風邪と同じようなのどの痛み、鼻汁、咳などの症状も出てくるため、区別がしにくいのだ。

二十一世紀では治療薬もあるし、それ以前にワクチンや様々な感染対策も発見されている。インフルエンザではないが、世界的な感染症パンデミックがあったため、その感染対策によってひと冬ほとんどインフルエンザが国内で流行しないという皮肉な事態があったくらいだ。

北斗が手元に消毒用のアルコールを持っていたのも、そのパンデミックのおかげである。

「京助先生。ご存じのとおりこの病は強い病です。対処法を誤るとどんどん広がり、場合によっては俺たちも感染する」

「たしかにな」

うしろから忠相が北斗に声をかけてきた。

「その言い方は、何かよい対処法を知っているようだな？」

さすが大岡越前。鋭い。

しかし、この時代では出来ることは限られている。

「この病を治すための薬は残念ながら私には作れないと思います。ただ、患者が回復しようとする力を助けることならできるかもしれない」

「なんと。それだけでも大きなことではないか」

「けれどもそのまえに、すべきことがあります」

「何か」

「京助先生や俺たちが、はやり風にかからないようにすることです」

「ふむ……？」

京助が忠相と顔を見合った。

インフルエンザの治療薬を直接作れはしないのだが、感染拡大を防ぐための対策をなるべく取るように北斗が持ちかけようとしていた。

「京助先生。鼻から下に紙を垂らすだけでは不十分です。目の細かい布で口と鼻を覆って治療に当たりましょう」

と言うと、北斗はポケットを探ろうとして、いまの自分が和装だったことを思い出す。

「どうされましたか」と初音。

「初音さん、俺の服を持ってきてもらえますか」

とお願いすると、初音が大急ぎで部屋に向かった。その間に、おせきに京助たちのぶんの布を取ってきてもらう。

「北斗どのの服です」

と初音が制服一式を抱えて戻ってきた。礼を述べて、北斗は制服のポケットに入れていた予備のマスクと消毒用のアルコールスプレーを取り出す。

北斗がマスクをすると、京助たちが不思議そうにした。

「こんなふうに布で口と鼻を覆うようにしてください。この場にいる人、全員。申し訳ないのですが、お奉行さまもお願いします」

忠相が難色を示すかと思ったが、意外にすんなりと受け入れてくれた。

「ほう。一風変わった頭巾のようだな」

さらに北斗は続けた。

「ここにいる人たちは急いで手を洗ってください。石鹸(せっけん)……なんてものはないですよね」

「せっけん？」

当然の反応である。考えてみれば現代日本とこの時代は三百年ほどの隔たりがある。これを三百年ものと見るか、わずか三百年と見るかは意見が分かれるだろうが、この年月の間に衛生観念は格段に進歩したことは間違いない。

江戸は世界史的に見れば驚くほど衛生的な都市で、下水道もあったと言われているが、それでも限界はあるのだ。

「とにかくきれいな水で強めに手を洗ってください。一度洗った水は二度使わないで。それからうがいもしっかりと。最後がこれです」

手を洗い終わった者から、北斗は手に消毒用アルコールを噴霧し、両手をよくこすり合わせるようにお願いした。

「これは何のまじないなのですか」

と初音がじれったそうにしている。

「まじないではないよ。身体をきれいに保つことは自分にも患者にも大事なことなんだよ。とくにこの病のもとは鼻や口から入ってくるけれど、手についた病のもとが口や鼻に入ることもあるからね」

「ふむ。これは薬用の泡盛のようなものか」と京助が呟いている。

驚いたのは北斗のほうだ。

「そんなものがあるのですか」

「傷を洗うために用いる」

「それは――」大いに助かる。仮に北斗の持つアルコールがなくなったとしても、消毒が出来ることを意味するからだ。「傷を洗うだけではなく、自分の手を洗うのも大切なのです」

鼻と口を塞ぎ、手をきれいにした京助が、あらためて又七の様子を診察している。

「相変わらず熱が高いな」

又七は病に勝てるだろうか。病に勝てるほどの抵抗力を持っているだろうか。江戸時代という環境で栄養がそもそも足りないということも考えられる。

「水は飲ませていましたか？」

と北斗は文吉に問うた。

「水なら、何度か飲まそうとしたよ。けれども、ほとんど飲めねえみたいで」

「まずいな……」

「どうまずいんですかい」と文吉が北斗の肩にすがるようにする。

「身体の水分が失われてしまえば、それだけで場合によっては死に到ります」

文吉が泣きそうな表情になる。

しかし、水分だけでは足りないだろう。熱で脱水症状になっているかもしれない。

それどころか、この弱った身体に井戸水や川の水を飲ませたときに、水の中の不純物が悪さをしないとも言い切れない。

こんなことなら、親父(おやじ)の言うとおり医学部に行けばよかったのか……。

知っていてもいま自分がここで江戸時代にないやり方をどんどん推し進めてしまうのはいいことなのだろうか。歴史の改変、場合によっては改悪にはならないだろうか。

唐突に、先ほど錠をかけられていた浪人の死に顔がよみがえった。

自分の知識は彼が自害したことは摑んだが、その命を救うことはできなかった。

けれどもいまは、自分の知識を使えば人を救えるかもしれないのだ。


夜、道に迷った旅人たちは夜空の北斗七星を頼りに歩いていたの。そんなふうに、「誰かの道標になるような子になってほしい」と思って、お母さんがほっくんの名前にしたのよ――。

母さんが俺に残した言葉。残した名前。

誰かの道標なんて、傲慢かもしれない。

しかし——いま悩んでいる暇はない。

それにすでに鼻と口を布で覆う知識や手をきちんと洗うという初歩的ながら基本的な感染対策を口にしてしまっていた。

あとはとことんやれるところまでやるしかないではないか。

こうしている間にも又七は熱く浅い息を繰り返している……。

そのときだった。

北斗の頭に天啓のようにある単語が思い浮かんだ。

「蒸留器……」

「何だって？」

と京助が聞き返した。

「京助先生、蒸留器はありますか？　ランビキ、というものでも結構です。焼酎を作るときのものでもいい」

現代日本なら清潔な水はスーパーで十分手に入るものなのだが、ないなら作るしかない。自分の持てる知識で。たしかに自分の医学知識はあやふやだ。現代日本では医師法違反だろう。けれども、目の前の苦しんでいる人を見殺しにできない。

そのためにはランビキとも称されるこの時代の蒸留器が必要なのだ。

「ランビキ、あります」

と、向こうの助手が声をあげて持ってきてくれた。見た目は茶道の茶碗(ちゃわん)と急須ふたつをひっくり返して三段重ねにしたような形状をしている。

「これは何ですか」

と初音が覗き込んでいる。

「ある液体をより純粋にきれいにするもの、とだけわかってくれればいまはそれでいい。——京助先生、これで井戸水を蒸留してください」

「水を蒸留?」

京助が不思議そうにしている。なぜそんな無駄なことを、と言いたげだ。

「井戸水は人が飲めるくらいには清潔ですが、それでもほこりが入ったり目に見えない細かな汚れが混じったりしていることがあります。又七さんのような弱った状態ではそれらでかえって体調を悪くしないとも限らない」

まずは一合の蒸留水を大急ぎで作ってもらう。

「他には何がいる?」

「あと質のよい塩と砂糖、いや黒糖を」

これは文吉が飛び出してすぐに手に入れてきた。

北斗が作ろうとしているのは経口補水液の代用品である。高校時代、親と一緒に作ってみた経験があった。

できた蒸留水をまえに、北斗は塩と黒糖をごく少量加えた。初音と文吉はもちろん、京助も忠相も注目している。

かすかに手が震えた。

塩と黒糖をよく混ぜて、できたものを数滴ほど手の甲に垂らして、北斗は味見する。

「どうですか」

と初音まで緊張してこちらを凝視していた。

北斗は舌に意識を集中させる。高校時代に作った経口補水液の味の記憶だけが頼りだった。

「――できた、と思う」と北斗が告げると、誰知らず安堵の息を漏らす。「これを一時間――半刻に一度、匙(さじ)で数回、又七さんに飲ませてください」

京助がさっそく又七に飲ませていた。

「こ、これで元気になるのか!?」と文吉が詰め寄る。着物の襟を摑みあげてくる。

「おい。何とか言えよ。人に薩摩(さつま)の黒糖を取ってこさせて、助かりませんでしたなんて言わせねえからな!?」

「い、いま俺が作ったのは、又七さんの体力を回復させるためのものだ。汗って、しょっぱいだろ？　熱で汗や水分が出て行ってしまうと、身体の塩分とかもなくなって、体力がますます落ちる。病に勝てなくなる」

「それがどうしたってんだッ」

「文吉、やめないか」

　と忠相が制止するが、文吉は襟を摑んだままだ。

「京助さんが飲ませているあの水は、又七さんが病と闘う力を回復させるはずだ。さっきも言ったとおり、このはやり風の薬を作ることは俺にはできない。又七さんの力を信じるしかないんだ」

　と北斗はできる限り誠実に返答する。

「……くそっ」

　と文吉が北斗を放り出すようにした。

　北斗は咳き込みながらも、説明を続ける。

「いま作った水はいろいろな患者に効く。ただの脱水症状の場合は、夏場だったら最悪、麦茶に塩ひとつまみでも代用は利くが」

「それはよい話を聞いた」と喜んだのは京助だった。「結局、病に勝つのは患者の力。その患者の力を増すものが手に入ったのはとても大きい」

「それからあとは」と北斗が言うとまた文吉が「まだ何かあるのか」と文句を言った。

北斗はそれを無視する。インフルエンザにおいていちばん大事なところを話そうとしているからだ。

「又七さんは他の患者とは別の部屋で寝かせてください。様子を見る人はいまの俺たちと同じように鼻と口を布で覆い、手をきちんと洗ってから接すること。あと、はやり風は熱が下がって元気になったように見えても、病のもとをまき散らします。熱が下がって三日はおとなしくしていてください」

北斗の言葉の意味をすぐに理解できたのは、医者である京助だけだった。

「なるほど。熱が下がって元気になったように見えても、三日は他人にうつるかもしれないというのだな」

「はい。それはきちんと守らせてください」

他にもやらなければいけないことはいくつかあった。

換気を十分にすることや日光をきちんと浴びられるようにすることもある。

あとは廃油か何かで石鹸が作れないかどうか研究しなければいけない。

すると、忠相がこんなことを言った。

「京助が言ったとおり、北斗どのはおぬしの助手というのがいちばんよいようだな」

「そうだろう？」

「先だっての話では浪人とやり合えるほどには剣術の心得もありそうだし、養生所の用心棒にもなってくれるだろう」

「用心棒……なるほどな」と京助が笑っている。

「がんばります」

と北斗は頭を下げた。

どうして自分が江戸時代に来てしまったのかはわからない。帰れるかどうかはもっとわからない。ただわが身の不幸を嘆いているだけよりは、養生所で働けるほうがどんなにか気が紛れることだろう。そのうえ、患者を助けられればこんなにうれしいことはない。

父親が無理やり教え込もうとした医学とその周辺の知識が、こんな形で役に立つとは皮肉だなと思ったけれども……。

だが、忠相の意図はもっと生々しい判断もあった。

「この養生所でとどまっていてくれれば、江戸のあちこちで上様に似た人物が出現したと騒ぎにならなくてすむだろうしな」

やむを得ないことだった。

それにしても、大岡越前でさえ案ずるほどに似ているなら、むしろ一度会ってみたい気持ちになってくる——。

そのときだった。

いままで熱に浮かされるばかりだった又七が、不意に跳ねるように激しく咳き込み始めたのである。

「又七っ」と文吉が慌てた。

第二章 菜飯屋のおよね

初夏の日差しはやはり暑いのだな、と北斗は木の葉から漏れる光に目を細めた。

「今日は暑いな」

交番勤務を思い出す。

しかし、交番のまえで直立し、行き交う人びとや車輛の様子に目を光らせていたときの暑さと比べれば、周囲が緑豊かなだけまだまだ楽である。

もっとも、目の前には火があり、鍋が運ばれてくるのを待っているから、こちらも熱い。

ここは小石川養生所の裏手である。

向こうから、初音が同じくらいの大きさの鍋をふたつ持ってきた。

中に入れてあるのは水と種々雑多な灰である。

「あのぉ。北斗どの。その汚い水は何に使うのですか」

「ああ、初音さん。鍋をありがとうございます。重かったでしょう」

「なんのこれしき。日頃から鍛えていますので」

北斗はさらしをつかって灰水を濾す。

「ほしかったのは灰汁です」

「はあ」

「手足をきれいにするものを作っているのですよ」

石鹼を作ろうとしているのだった。

もともと灰汁が洗濯物の汚れを落とすことは知られていた。

だが、そこから石鹼にたどり着くにはなかなか容易ではない。

わが国において石鹼は安土桃山時代、つまり織田信長や豊臣秀吉の時代に西洋人からもたらされたと言われていて、石田三成が博多の豪商に書いた石鹼（シャボン）の礼状が残っている。

ただこのシャボン、いわゆる石鹼としての用途ではなく、細かく砕いて下剤として用いられたこともあったとか……。

本来の用途としての石鹼が登場するのは、医薬用はあと百年ほど先、洗濯用ならさらに先の、明治に入ってからである。

ゆえに北斗がここで石鹼を作るのは、歴史を改変してしまう可能性があった。

だが、又七の件ですでに北斗は一歩を踏み出してしまったのである。

その又七だが……。

「へえ。そっちの鍋には油を入れるんですかい。何とも不思議なことをなさりますねえ」

と北斗の傍らで首を伸ばしている。

初音が腰に手を当てた。

「又七どの。熱が下がってもう五日。もう養生所を出ても差し支えないととっくに言われているのに、いつまでこんなところで油を売っているのですか」

「なるほど。北斗先生が油を使うだけに、油を売る。初音さまは頭が切れなさる」

初音が顔を赤くする。

「そんな意味では言っておらぬ」

「又七さん。俺を先生と呼ぶのはやめてくれよ。俺はそんなに偉いもんじゃない」

と北斗が苦笑すると又七は多少いかつい顔をにこにことさせて、

「そうはおっしゃいましても、先生は俺の命の恩人だ」

「それは又七さんの生きる力が強かっただけさ」

経口補水液の代用を与えてしばらくして、激しい咳をしはじめたときには付き添っていた文吉はおろおろと震えていた。

その文吉を北斗は、「狼狽えるな！」と一喝したのだ。「又七さんは病と闘っているんだ。——大丈夫。健康なあんたが取り乱してどうする」と。

北斗は又七に付き添い、定期的に経口補水液の代用を与え、看病を続けた。

その甲斐もあってか、翌日には又七は熱がすっかり下がり、ぶり返すこともなく元気になったのであった。

「本当なら俺が先生の命をお救いしてこその恩返しなんでしょうが、そんな切った張ったは、そうそうございません。おまけに養生所は金を取らねえと来ている。だったら俺が厄介になった日数は先生のお手伝いをさせてもらおうと」

「おぬしの言うとおり、養生所は金は受け取らない。けれども、米くらいは持ってきてくれても構わんぞ。元気になったはいいが、朝夕の飯を食い過ぎるとおせきさんが嘆いていたからな」

背後からやってきた京助が、そんなふうに又七をからかった。

「や、そいつはどうも、申し訳ないことでございます」

「そうだぞ、又七。その点、私はきちんと米や大根を持ってきている」

と初音が妙なところで胸を張る。

「初音どのも持ってきてくれるのはありがたいが、食べるときにはそれ以上食べるそうじゃないか」

途端に初音が真っ赤になった。

「そ、それは、こちらの病人の世話が思ったよりも力仕事で、そこでもらうおせきどのの作る飯がうまいからで……」

「養生所は鶏も飼っている。江戸の町では高価な卵も、患者優先だから毎日とまでいかなくても食べられるからな」

江戸にやってきた最初の朝の膳に供された生卵のことを言っているのだろう。

そんなやりとりを苦笑して聞きながら、北斗は鍋でゆるゆると熱した灰汁に油を混ぜてかき混ぜる。

やがて、鍋の中は白灰色でどろどろとしたものに変じた。

「灰汁と油が何か固まってきました」

と初音が目を見張る。

「このくらいが限度かな。灰汁を取るために使った灰が海藻を焼いたものだったらもっと固くなったはずなのだけど」

北斗はできたものを少し指先で取って、確かめる。

ぬるぬるした感触がした。軽く手をこするようにして水で流せば、久方ぶりに手の肌がすっきりする。

怪訝な面持ちで覗き込んでいた初音が、

「北斗どのの手が、まるで化粧をしたように光っている」

「化粧とは逆かな。なんとか石鹼らしいのができた。このぬるぬるが手や身体の汚れを落とす」

「ほう」と京助が目を輝かせた。「これで手を清潔にし、さらにあの酒のような霧を吹きつければいいのだな？」

「酒のような、ではなく酒そのものです。もっとも人間が飲んだら死ぬほどに強い」

「そんなものを私たちは手につけていたのですか？」と初音が驚く。

「手につけるくらいなら大丈夫だよ。むしろ手についたいろいろな病のもとを殺してくれる」

　初音が神妙な顔で腕を組んだ。

「さっぱりわからない」

「はは。細かい原理は俺にもわからない。けど、これで安全に手をきれいにすることができるし、顔や身体の汚れだって落とせる」

「はー……すごいものですな」

と男言葉ながら初音が感心しきりである。

　油と灰汁の温度差があったほうがよい、色や香りをつけることもできる、などといったかんたんな補足を京助に告げると、京助はそれをさらに見習い生たちに伝えていた。

「俺にもさっぱりですが、北斗さまのお気に召すものができてよかったです」

「ありがとう」と又七に言ったものの、お気に召すほどのものはできていない。「あと、北斗さまも落ち着かないのだけど……」

　この手作り石鹸もどきも、はたしてどれほどの殺菌効果があるかは検証できなかった。こういうとき、親父や弟のような本物の医者の知識があれば違うのだろうか。

「へへ。それにしてもこんなふうによくわからないものを北斗さま、じゃなかった北斗先生が作ってしまうと、この養生所は妙なもんを作っては患者で試しているって噂と一緒になっちまいますね」

「……たしかに」

　と北斗が小さくうなだれた。「くだらないことを言うな」と、初音が又七の頭をはたいている。

「気にすることはないさ。医術にしろ蘭学にしろ、わからない人間には妖術仙術の類にしか見えないものだ」京助は開き直っている。

「あまりおおっぴらにしないほうがいいんでしょうね」

　と北斗が危惧すると京助は肩をすくめた。

「自然にしていればいいさ。養生所があやしいところではないというのは忠相はもちろん、上様だって知っていること。それよりも、北斗どのの作る品々が珍しくて騒ぎにならないかどうかのほうが心配だよ」

「そうですね。気をつけます。あと又七さん、また北斗先生になって……」

そこへ裏門のほうから「ごめんよ」という声と共に文吉が入ってきた。

「おや、京助先生に北斗先生。裏のほうでなにをなさっておいでで」

その文吉の後ろには数人の子供たちがついてきている。

「文吉さんも、俺を先生と呼ぶのはやめてくれよ」

と北斗が苦笑すると文吉が頭をかいた。

「おっとまた思わず出ちまいました。へへ。けれども、又七の命を救ってくれた恩人。俺なんかが食ってかかってご無礼を働いてもお怒りもせず、『狼狽えるな』とぴしっと活を入れてくださったお姿なんざ、神さまみたいでしたから」

「ほんと、勘弁してください」

文吉や又七が文字どおり神の如く敬ってくれるほどに、北斗は自分の中途半端な知識が申し訳なくなってくるのである。「さま」よりは、医者見習いだから「先生」のほうがましか。

文吉の後ろで子供たちがもじもじしている。

「おっと、先生。こいつらがまた先生に遊んでほしいっていうので連れてきました」

北斗はやってきた五人の子供たちに笑顔を向けた。

「よし。遊ぼう」と言うと子供たちが歓声を上げた。「けれども、そのまえにひらがなの練習をしてからな」と付け加えると、途端に子供たちが切ない表情になる。

五人の子供たちにひらがなを教え、こま回しや、こまを回しながら鬼ごっこをするこま鬼をして遊んだ。初音も手伝ってくれ、切りのよいところで「少し休みなさい」と子供たちを止めてくれる。

北斗は縁側に腰を下ろすとおせきが用意してくれた布で汗を拭いた。

「ありがとうございます」

「いいえ。子供たちの相手は疲れますでしょう?」

「そんなことないですよ」

するとおせきに代わって初音が隣に腰を下ろした。布で首回りや襟足をぐいぐい拭くさまは若い男の仕草なのだが、ほんのり見える襟足に妙に女らしい色気があって少しばかり困る。

「北斗どのは子供がお好きなのですか」

と問う初音も、北斗から見ればまだまだ子供なのだが……。

「子供、いいですよね。一緒にいるとこっちまで元気になる」

「そうですか」

おせきが水をくれた。

「ありがとうございます。ああ、うまい。初音さんも水を飲んでおいたほうがいいですよ」

「はい」と、素直に初音が水を飲む。

ここには近代的なものは何もない。自動車もスマホも、それどころか自分を知っている人間さえもいない。異邦人という言葉が胸に浮かぶ。

不思議な巡り合わせに胸を灼くような想いを抱えながら、北斗は考えるよりも先にしゃべっていた。

「ここに来るまえ、同心のような勤めをしていたと話したよね」

「はい」

「いろいろあってその勤めを選んだんだけど、本当は子供たちにはやさしく、老人には親切で、町のみんなとずっと一緒にいられるって思ったけど」

「実は違っていた……？」

と初音の声に不安げなものが混じる。

「いや、違ってはいない。たしかにいろんな人に寄り添える。けれども、ここに来て思ったんだ。向こうではいつもいつも細かなやらなければいけないことが多くて。上役との関係とか同僚との関係とかいろいろややこしいし。書き物や報告や、その他。肝心の誰かと笑顔を共にする時間が少なかったなあって」

「ということは、いまは楽しいのですか」

北斗はにっこり笑った。数日で着物にもなれた。制服よりも気持ちがいいくらいだ。

「うん。楽しいよ。俺は何にもなしにここに来てしまったけど、みんながやさしくしてくれた。まあ、上様に間違えられたのは驚いたけど」

その急先鋒は初音だった。

「――その節は、大変かたじけなく」

と初音がやや憮然とした。

「いやいや。――何にも持っていない自分が誰かを笑顔にできるのって、すごいことだよな」

と北斗が独り言のように呟いたときだった。休んでいるのに飽きて走り回りだした子供がひとり、転んで膝をすりむいた。

「あっ」と初音が立ち上がる。北斗もその子へ駆け寄った。

「大丈夫か。ああ、すりむいたな。傷を洗って消毒しよう」

そう言って北斗は五歳くらいのその男の子を持ち上げて運び、傷を水で洗い、さらに持っていた消毒用アルコールを吹きかけると、絆創膏を貼ってやった。この絆創膏も二十一世紀の日本にいたときから持っていたものだ。交番の近くや巡回のときに、このように転んだ子供がいたら使おうと思って持っていたものだが、まさか江戸時代の子供に使うことになるとは思ってもいなかった。

「ほくとおにいちゃん、ありがとう」

と子供がお礼を言うと、初音がそばに立ってその子の頭を乱暴になで回す。

「お、きちんと礼が言えたのは偉いな。転んでも泣かなかったし、おまえは立派な人物になれるぞ」

子供はうれしそうにしていた。

又七の様子を見るついでに多少手伝いをしてくれた文吉が養生所から、火消しのめ組へ戻ろうと挨拶に来たときだった。

養生所の正門のほうで人の声がする。患者が入ってきたようだ。ちょうど腰を上げていた文吉が小さく頭を下げて、様子を見に行く。

「初音さん、われわれも行こう」と北斗。

「はい」

子供たちは又七に任せて、北斗と初音も門へ向かった。

若い男が老婆を背負っている。

「おう、伊助(いすけ)じゃねえか」

と文吉が若い男に声をかけた。

「め組の文吉か。ちょうどよかった。ちょっとおよね婆(ばあ)さんを養生所で診てもらいてえんだ」

「およね婆さんだって？」

と文吉が驚き、伊助の背中の人物を確かめる。背負われているのは髪の白い、七十がらみの女だ。

「知り合いかい？」

と北斗が聞くと、老婆の顔を見た文吉が顔を青くしながら答えた。

「へい。およね婆さんは根津(ねづ)の権現さまの近くで小さな飯屋をやっていて、俺も運んできた伊助もときどき顔を出していたんです」

炊きたての飯で作った菜飯と熱い味噌汁。出すものはそれきりだが、何とも言えぬうまさがあって客の舌を喜ばせていた。

「今日も俺が飯を食いに行ったら、いつもなら威勢よく出てくる菜飯と汁がいつまで経(た)っても出てこねえ。それで気になって奥を見てみたら、およね婆さんが土間で倒れてるじゃねえですか。こりゃあいけねえってんで、ここまで大急ぎで運んできたんで」

身寄りはないらしい。

横になったおよねは、浅い息を苦しげに繰り返していた。

いまおよねのそばには京助と北斗、それに初音がついている。

「熱が高いようだな」とおよねを診察した京助がため息をついた。「よくこんな身体で店を切り盛りしていたものだ」

「そんなに悪いのですか」

「身体のどこもかしこもぼろぼろだ。長年の苦労がたまってのことだろう。医者としてどうすることもできない」

京助が悔しげに言う。北斗も形ばかり脈を取ったり、白目の色を見たりしてみたものの、京助ほどの結論には達せない。二十一世紀の日本人の平均に多少毛が生えた程度の医学知識では、どうすることもできないと思われた。

ふと、およねが目を開けた。

「ここは……」

「およねさんだね。私の声が聞こえるか。ここは小石川の養生所だ」

京助がおよねに呼びかける。およねは子供のように目を動かしたあと、北斗を見て微笑(ほほえ)んだ。

「弥平(やへい)。こんなところにいたのかい」

弥平と呼ばれた北斗は、京助や初音と顔を見合わせた。上様の次は弥平。いずれにしても身に覚えのない名である。

「あの、およねさん。俺は」

と北斗が事情を説明しようとしたが、それよりも先におよねの目が潤んできたではないか。

「ああ、弥平。おまえにどれだけ会いたかったか。もうどこへも行っちゃあ、いやだよ」

およねは震える手を伸ばして北斗の手を掴むと、しっかりと握りしめた。

およねの容体について京助が、伊助や文吉たちに説明するとみな言葉を失っていた。

「そんなに悪かったなんて……」

「ところで、およねさんが口にした弥平という名に聞き覚えはないですか」

と北斗が尋ねると、文吉が答えた。

「一度だけ聞いたことがあります。いまでこそ身寄りのないおよね婆さんですけど、何でもひとり息子がいたそうで」

「ほう」

「たしかその息子の名が弥平だったと思います。けれども、もう何十年も前、二十歳くらいで流行病でころりと死んでしまったとか」

「ふむ」と京助が髭(ひげ)のない顎を撫でる。「その息子の面影を北斗どのの顔に見つけたか」

文吉が洟を啜る。

「およね婆さん、普段は気っぷのいい客あしらいでそんなふうに見えなかったけど、やっぱりずっと死んだ子のことを気にしてたんですね。あるいは、お迎えが近くなって気持ちが弱ってきちまったか」

「文吉、滅多なことを言うもんじゃねえ」

と伊助がたしなめるが、その伊助も鼻声だった。

およねはどのような気持ちで、自分を「弥平」と呼んだのだろうか。

北斗はまだ結婚していないし、子供もいない。医学部を無理に勧められたおかげで父親との関係はやや屈折している自覚がある。弟が身代わりのように医学部を選んでくれたので助かったようなもので、そうでなければ警察官の道も選べたかどうかわからない。

江戸にいることでそのようなしがらみから解放されたからこそ、北斗は人と人とのつながり、家族というもののつながりを見つめ直す機会を得られたように思えたのだった。

「あの、京助先生。次に目を覚ましたときに、およねさんが俺を自分の子供だとまだ思っているようだったら……およねさんの息子の振りをしてもいいでしょうか」

「ふむ……？」

「およねさんを騙すことになる。でも、およねさんがそんなにも息子さんに会いたがっているなら、せめてひとときその夢をかなえてあげたい気がするんです」

ちらりと見ると、初音は黙っている。

「いいのではないか」と京助が言うと、初音が驚きの声を上げた。

「いいのですか？」

「死ねばあの世で息子に会えるだろうけれど、およねさんに必要なのはいまこの世での安堵だ」

「だからって、およねさんを騙すことになります」

「初音どの。それを言い出したら、医術なんてその最たるものだよ」

「え？」

「人間は必ず死ぬ。これればかりはどうしようもない。お釈迦さまだって毒キノコ料理を食べて死んだ。医術というのは、死をどれだけ先送りできるか、人と病の騙し合いにすぎない」

京助の言葉は北斗の胸を深く刺した。

ふと、自分の母の死を思い出す。

母が亡くなったのは北斗が高校二年生のとき。医学部を受けるための勉強をしていた最中だった。風邪をこじらせての肺炎であっという間に死んでしまった。ちょっと風邪っぽいと呟いてから、たったの三日だったのだ。

夫は大学病院の医師で、息子は医学部受験を目指していたのに、である。

そのはかなさとやりきれない思いが、医学部受験の意味を見失わせたのだ。

いまの京助の言葉は、そのときの自分のやりきれなさを代弁してくれているように思える……。

「京助先生のされていることは――」

初音が口ごもると、京助が北斗に向き直った。

「町人ふうの格好をすれば――ああ、でもまだ髪が短いな。では、いまのままで行こう。北斗どの、いや弥平どのは俺の助手として医術を学んでいる、と」

「ありがとうございます」

この日からしばらく、北斗はおよねの息子の弥平になったのである。

＊

目を覚ましたおよねは北斗を懐かしげにきつく何度も抱きしめたあと、布団をたたんで帰り支度を始めた。

「こんなところで寝ていられないよ。お店を開けなきゃ」

北斗が慌てる。

「まだ寝てないとだめだって、京助先生が言っているよ」

「何言ってんだい。おまえは一人前になるためにもっと勉強しなきゃいけないんだろ？　そのぶんのお金を稼がなきゃいけないいじゃないか」

さっそく予想外の方向へ行ってしまおうとしている。こんなつもりではなかった。北斗が弥平となることでおよねの気持ちが落ち着き、残る日数をこの養生所でゆっくり過ごしてくれればと思っていたのに……。

「あんなこと言っています。京助先生、止めてください」

北斗は京助に助けを求めたが、京助はにこりともせずに、

「弥平、働き者のおっかさんを持って幸せだな。無理に休ませたらかえって具合が悪くなるかもしれぬ」

「さすが京助先生。わかってくださってる」

と、およねがしわだらけの顔いっぱいに笑みを浮かべる。

困ったことになった。およねを休ませるどころか、これでは無理に働かせて死期を早めてしまうのではないか。

北斗の心配をよそに、およねはきびきびと布団を片づけ、京助や周りの人に礼を言うと養生所から出ていってしまった。

「およねさんの身体も気になる。弥平。しばらく休みもなしに働いてくれたんだ、およねさんと母子水入らずで過ごしてこい。それでおっかさんのそばについていてやれ」と京助が言ってくれたので、北斗も同行することになったのだが。

およね婆さん、歩くのが速い。

「あの、おっかさん。さっき倒れたんだからもっとゆっくり歩かないと」

「何言ってんだい。お天道さまがこんなに高いんだ。店を閉めてなんてられないよ」

「……おんぶしようか」

と北斗は思い切って言ってみた。

およねは一瞬鼻白んだような表情になったが、からからと笑って「息子」の背をたたく。

「あはは。大丈夫だよ。おっかさん、こんなにぴんしゃんとしてるんだ」

「背中たたくの、ちょっと痛い……」

「ははは。孫の顔見るまでは死なないから安心おしよ」

念のため、初音が少し離れたところからついてきてくれている。

根津の権現さまとか根津権現とか言われる根津神社は、五代将軍・徳川綱吉の世継ぎが定まった宝永三年、天下普請にて社殿が造営された。本殿、幣殿、拝殿がまとまった堂々たる権現造である。

境内には料理茶屋が並び、門前には遊郭も開けていた。江戸の人々からは、曙の里と呼ばれて親しまれている。

およねは根津神社わきの店に戻ると、こまのように働き出した。

小さな店だ。入れ込みを合わせても、一度に入れるのは十人ちょっとだろう。

「手伝おうか」

と声をかけるのだが、

「医術とかばっかりやってるおまえに、おっかさんの真似ができるもんか」

と言って、相手にしてくれない。

一体俺は何をしに来たのだろうと悩んでしまう。

やがて飯の炊ける匂いと、出汁の利いた汁の匂いが小さな店を満たす。

店を開ければ、数人の客が入ってきた。

みな、北斗の顔を見ると目を見張ったが、「医者の勉強をしてた息子が久しぶりに帰ってきた」とおよねが言うと、存外すんなりと納得されてしまった。

「いい息子さんじゃねえか」

「おかげさまで。へへ。ちょっと飯をおまけしとくよ」

と、およねは相好を崩す。

すっかり元気になってしまったようだった。

仕事に慣れてくると、普段の習性が働いてくる。

北斗のそれは警察官としての危機管理意識だった。

江戸時代に来て早々、上様と間違えられた北斗である。周りからの自分への視線を意識しておかないと、およねの迷惑になってもいけない。

いまのところあやしげな客はいないな、と見ていたときだった。

店の外に、こちらを窺(うかが)っている男の影を見つけた。

「ふむ……」

外の様子を見る振りをして男を見に行く。どこかすすけた感じのある男だ。身なりは町人ふうだが、それよりも博徒のほうが似合っているだろう。警察官の本能が、裏の顔のある男だと告げていた。

男は素知らぬ表情をしながらも、北斗をねっとりとした視線でねめつけている。職務質問をぶつけるわけにもいかないが、こちらから機先を制することはできるだろう。

「いらっしゃい。菜飯、いかがですか」

と北斗が笑顔で声をかけると、男は少し身を引くような反応をした。

「およねさんはいるかい」

「お知り合いの方で？」

「寅七(とらしち)だって言えばわかるはずだ」

北斗がおよねに伝えると、およねは顔じゅうにひどくしわを寄せて首を傾げた。

「寅七、ねえ……」

「知らないのかい」やはりあやしい男だったか。

「ちょっと知らないねえ。どれ。ちょっと直に見てみようか」

ひとりで何かあったらいけないと、北斗がついていくと、寅七はあからさまに嫌そうな顔をして、およねだけに聞こえるようにこそこそ始めたではないか。

「倒れたって聞いたから驚いてきてみりゃ、結構元気じゃねえかよ」

「おかげさまで。ところで、あんたはどこの寅七さんだい？　年を取るとどうも物忘れがひどくてね」

「そんなふうにしらばっくれることねえじゃねえかよ。……少しでいいんだ。金を工面してくれねえか」

「何を言ってるんだい」

とおよねが嫌悪感を丸出しにして言うと、店に引っ込んでしまった。なおも食い下がろうとする寅七を、北斗が押しとどめる。

「おっとっと。ああ言ってるんだ。これ以上騒ぐと、同心を呼ぶぞ」

「何だと？　それより、てめえは一体誰なんだ」

「俺か」一瞬迷ったが、いままでどおりにすることにした。「俺は息子の弥平だ」

「息子？　そんなわけねえな。俺はその息子の弔いを手伝ってやったんだからよ」

どうやら他の客のようにはいかないようだった。

ちらと視線を遠くにすれば、若武者姿の初音がこちらを心配げに見ている。

「……俺は本当は小石川養生所の医者見習いだ。およねさんは本当は身体の具合がよくない。俺を亡くなった自分の息子だと思っている。それで気持ちが安らいで元気になれるならと、万が一具合が悪くなったときの対策も兼ねて、こうしてずっとついている」

「…………」

「もし金を無心するためにつきまとうなら、奉行所に届け出る。わかったな？」

「無心だなんて、そんな。へへ」

と寅七は薄ら笑いを浮かべて去っていった。

北斗は見張ってくれている初音に小さく頷くと、店に戻った。


夜は二階で寝泊まりする。布団が一組しかなかったので、およねはそれを北斗に使わせようとしたが、「病のおっかさんを板の間に寝かせたのでは医者失格だ」と北斗は言い張って、何とかおよねを横にならせた。

およねは子供のように、北斗の手を握っている。

真っ暗な夜闇のなか、およねの声がした。

「ああ。おっかさんは幸せだ。働けるこの店があって、弥平がいて。こんな婆さんの作る飯を喜んでくれるお客さんがいて。これ以上望んだら罰が当たるよ。神さま仏さま、ありがとうございます」

京助の診察は正しかったのだろうか。

こんなにも元気で、こんなにも健気(けなげ)に人生を生きている人が、もうすぐ亡くなってしまうというのか。

それと同時に、およねを騙している心苦しさが飲み慣れない薬のように胸にのしかかっている。

今夜はやや暑い。

自分の手を握るおよねの手の熱さで、なお暑い。

けれども、それを振りほどく気持ちにはなれない。

北斗はぼんやりと暗い天井を見つめていた。

俺は何をやっているのだろう。

いつの間にやら江戸時代に迷い込んで、見知らぬ老婆の手を握って添い寝している。

一体どういう運命のいたずらなのか。

わが身の不幸を嘆くよりも――余命幾ばくもなく、北斗を実の息子と思い込み、子供のように手を握って眠っているおよねのことを思うと、胸が痛い。

俺は何ができるのだろう。

警察官と名乗っても、誰にも理解してもらえない。持っているお金は、江戸時代では使えない。ネットも電話もないから、スマホもほとんど用をなさない。絆創膏もほどなく使い果たしてしまうだろう。

この身ひとつの山口北斗として、何ができるのだろうか……。

朝の気配に目が覚める。いつの間にか眠ってしまったらしい。

北斗の身体にはおよねの布団が掛けてあった。そのおよねはすでに起きているようで、敷き布団には誰もいない。その代わり、下で静かに物音がしている。

「すみません。すっかり眠ってしまって」

と飛び降りるように一階へ降りると、およねが笑った。

「なんだい、弥平。他人行儀な言い方だねぇ。自分の家で寝てるのは当たり前じゃないか。さ、朝ご飯にしよう」

顔を洗って、すでに膳がある入れ込みに座る。「いただきます」と箸を取った。昨日の残りの飯と、こちらも温め直した味噌汁。里芋の煮物に大根の漬物。飯は冷えていたが、そのぶん味噌汁が熱い。できたてもよかったが、ひと晩たった味噌汁は具に味が染みてうま味が増していた。里芋はよく粘り気が出ていてねっとりしている。芋らしい芋だった。

　これでは、およねの看病をしているのか、客として招かれているのかわからない。

「おっかさん、今日も仕事？」

「当たり前だよ」

　箸と茶碗を置いて、北斗はおよねに言った。

「どこか一緒に行きたいところとかない？　昨夜、神さま仏さまって言ってたからどこかのお寺なり神社なり。ほら、俺がいままでずっと一緒にいられなかったから」

「どうしたんだい、急に」

　とおよねが汁にむせた。

「大丈夫？」

「大丈夫だよ。……そうだねえ。浅草の観音さまにでも行きたいねえ。ほら。根津の権現さまはしょっちゅうお参りしているから、たまには少し遠出して、ね」

　浅草寺は徳川家康が天下を取るための祈禱所とした寺でもあった。

　だが、三代家光は父である秀忠への反発もあって浅草寺と距離を取り始め、五代綱吉は浅草寺を寛永寺の下とする裁定を下し、徳川家と浅草寺の関係は分断されてしまった。

もっともこれは、のちのちの浅草寺が庶民の寺となっていくためにはよいことだったかもしれない。

吉宗の時代になって、浅草寺の仲見世あたりは閑散となった。

吉宗の幕政改革の中心は質素倹約にあって、無駄遣いを渋る政策だったが、何が無駄かなかなかわかるものではない。

仲見世にあった三十六の店は、ひととき二十くらいに減ったという。

だが、浅草寺は庶民の寺として次の発展を始めようとしていた。

享保四年に十万人講をなしとげ、さらに大黒堂などの庶民が喜びそうな勧進も行われたのだ。

「権現さまも賑わってるけど、こっちはもっと人が多いね」

とおよねが大きく目を見張ったものだ。

二十一世紀の日本でなら北斗も浅草に何度か行ったことがあったし、浅草寺にお参りしたこともあった。行き交う人々の顔も姿も、仲見世の様子もまったく違うし、雷門にあるべき松下幸之助(まつしたこうのすけ)氏のあの提灯(ちょうちん)もないけれども、多少なりとも馴染みのある場所を歩けるのは心が浮き立つものだった。

だが、それと同時に、ある種の郷愁も忍び寄ってくる。

あの辺り、二十一世紀では賑やかな店になっていた場所ではないか。

あそこのほうは大きな通りになって観光客で賑わっていた辺りだろうか。

そんなことを考えていると、およねが北斗とつないでいる手に力を込めた。

「どうかしたかい？」

すると、およねが北斗の目を見つめて言った。

「弥平こそ難しい顔をして、どうかしたのかい？　何か困ってることとか、悩んでいることとかあったら、遠慮なくおっかさんに言うんだよ。何でも相談にのってやるから」

どうやら憂鬱な顔を見られてしまったらしい。

「何言ってるんだい。悩みなんかないよ」

「そうかい。それならいいんだけどね」

北斗の笑顔を確かめて、およねも笑顔に戻った。

お参りをすませ、近くの団子屋に腰を下ろした。団子が焦げるいい匂いを嗅ぎながら、およねとふたりで茶をすする。出てきた団子は焼き目とたれが香ばしく、およねが子供のように喜んでいた。「もう一皿、頼みましょう」と北斗が言うと、およねはますます喜んだ。

そういえば、浅草参りなんて死んだ母さんと行ったことなかったな……。

もし一緒に浅草に行っていたとしたら、こんなふうに喜んでくれただろうか……。

二皿目をふたりで仲良く分け合っていたときだ。

「親父、茶だ」と三人連れの武士が横柄に声をかけた。三人は大声でわいわいと話し、他の客は背を向けたり、少し席を離したりしていたのだが、三人のうちのひとりが北斗に気づいた。

「おぬし、どこかで見たことがあると思ったら、小石川の医者見習いではないか」

その声に残るふたりも北斗に興味を抱く。

「なんと。まことか」

「ああ。まえを通ったときに子供と遊んでいるのを見たことがある」

「大の男が昼間から子供と遊んでいるのか。暇でいいことだな。そういえば、小石川養生所と言えばあやしげな薬を試していると聞く」

「上様に認められたとか言いながら、その上様の顔に泥を塗るような行いを裏でしているというではないか」

三人が北斗に近づいてくる。

「まあまあ。お侍さん方、落ち着いて」

と言いつつ、北斗は三人を観察する。二十歳前後。甘やかされて育った感じ。この手の奴（ガキ）は交番勤務でよく相手をしてきた。仮に刀を抜いてきたら、こちらも警棒を使わなければいけないかもしれない。

「何が落ち着いてだ。医者ふぜいの分際で」

と、ひとりが北斗を小突いた。一応、正当防衛成立だな、と考えているると横のおよねが立ち上がる。

「おい。何してくれるんだい!?」

「なんだ、婆ぁ」

「お侍だか何だか知らねえけど、おれの息子に手ぇ出そうって言うなら、いつでも相手になってやるからな!!」

刀を持った三人の武士を向こうに回しても、自分を守ろうとしてくれているおよねの姿に、北斗は不覚にも目頭が熱くなった。

「婆ぁ。武士に対してその言い草。命は惜しくないようだな」

三人が腰のものに手を伸ばした。警棒を抜かなければいけないか。

そのときだった。

北斗たちと三人の武士の間に、総髪の颯爽とした若武者が割って入る。

初音だった。

「侍ともあろう者が、三人がかりで老婆に狼藉を働くつもりか」

初音が腹の底からの声を発し、三人のうちいまにも抜刀しそうな男の柄を押さえ、動きを封じ込めている。

「貴様、何者か!?」

「私は柴田初音。無外流を学んでいる。浅草の観音さまの前でかような非礼を行うなら、私がお相手しよう」

三人の侍は、初音にすっかりのまれてしまったようだ。誰ともなく舌打ちを残して団子屋を去っていった。

「初音さん。助かった」

と北斗が礼を言うと、およねが初音を思い出したようだ。

「あ……養生所にいなさったお侍さま」

「大丈夫ですか」

と初音がおよねに微笑みかけた。

「……ずっと俺たちを見張っててくれたのですか」

「夜は家に帰った。――およねさんのときには涙をにじませたのに、私のときには平気な顔をしていた」

「何か言いましたか？」

「いいえ。それと今日は京助どのからの伝言を預かっている」

「京助先生から？」

「せっかく休みをやって申し訳ないが、意見を聞きたい病人がいるので、養生所に顔を出してほしい、とのこと」

「俺の意見を聞きたい……？」

北斗は腕を組んだ。自分の医学知識などたかが知れているのだが……。

その北斗の動作を迷いと思ったのか、およねが叱咤した。

「何ぼさっとしてんだい。とっとと養生所に行きな」

「うん。あ、いや、しかし、おっかさんのほうも」

「おっかさんは大丈夫だから、病人のところへ行っておあげ」

すると初音が、「およねさんには私が一緒にいよう。さっきの侍どもが戻ってこないとも限らないから」と気を利かせてくれた。

「では、頼みます」

北斗は養生所へ向かって歩き出した。気をつけるんだよ、と見送られるのが、何だかこそばゆくもうれしかった。

＊

養生所に着くと京助が北斗を待っていた。

「呼び戻すような真似をしてすまない。おっかさんとは仲良くできたか」

「おかげさまで。いまも俺を快く送り出してくれました」

「そうか。――まずは手を洗ってくれ」

北斗発案の石鹸で手を洗う。京助が率先して衛生観念を守ろうとしてくれているのがうれしかった。

「それで、俺の意見を聞きたいというのは……？」

京助は男の病人たちが寝ている間、要するに男性病室の窓のそばで横になっている男の子のところへ連れていった。そばに老爺（ろうや）がひとり、正座して控えている。

九歳くらいの男の子が、どんよりした表情で横になっている。もともとは賢げな子のように思うのだが、具合が悪そうだった。何度か一緒に遊んだ子供たちと同年代だが、初めて見る顔だ。

近くについている老爺が深く礼をした。町人ふうの服装だが、よい布を使っているように見える。男の子の方も、遊びに来る子供たちよりしっかりしたものを着ていた。

「この子は……？」

「江戸わずらいにかかっている。――この病、知っているか？」

後半は小声である。この病の対処法を知っているか、というのが京助の言葉の真意だと思う。

北斗は頷いた。

足のしびれやむくみ、疲労感を特徴とする。それを放置しているとやがて死に到るのだが、不思議なことに江戸でばかり流行し、地方の諸藩ではあまり流行らないのでそう呼ばれた。

問題は、何が原因なのかもわからなければ、仮に快復しても何が効果を発揮して病を治せたかもわからないところにあった。

しかし、北斗は言った。

「たぶん、対処できると思います」

「ほう」と京助が軽く微笑み、そばの老爺が驚愕の表情で額をこすりつけんばかりにした。

「先生、どうぞ坊ちゃんをお助けください。金子ならいくらでも出すと旦那さまから仰せつかっています。何とぞ、何とぞ——」

老爺は北斗と京助の足にすがりつくようにしている。

「こちらは……？」

「この子は徳太郎（とくたろう）といってな。小谷屋（こたにや）という大きな穀物問屋のひとり息子。この老人はお世話係の爺（じい）やの権六（ごんろく）どのだそうだ」

その徳太郎が、ぼんやりとした表情で「おっかさん」と呟いているのもあわれだった。

「ご両親は？」

「父親は仕事。母親も江戸わずらいが恐ろしくて家で息子の快癒を祈っているそうだ」という京助の声にやや辛辣な色が混じった。

「旦那さまも奥さまも、徳太郎坊ちゃんをかわいがっているのですが、なにぶんいま店を空けることもできず……」

権六の言い訳はいかにも苦しい。けれども、罪のない子供を見捨てるわけにはいかない。北斗は腰をかがめて権六の背中を撫でた。

「大丈夫。それほどひどい状況でなければ、何とかなるから」

「まことでございますか!?」

「して、どうやる？」と京助が急く。

江戸わずらいは歴史的に有名な病だ。

この病は江戸時代どころか、日露戦争の頃まで日本を苦しめた。

江戸わずらいは、風邪のように何かの病原菌やウィルスによる病気ではない。この病気はビタミンB１不足という栄養の偏りで起こるものなのだ。しかもそれは、「白い飯を心ゆくまで腹いっぱいに食べたい」という、日本人の食生活のもっとも基本的な欲求を満たしすぎたときに起こるという厄介な代物だったのである。

江戸わずらいの正体は「脚気」なのだ。

徳川の時代になって、特に江戸ではおかずを少量にして白米をとにかくたらふく食べることが流行った。

米食は日本人の生活の中心で、ことに江戸では誰しもが白米中心の食生活に移ったために、この病が江戸で流行る皮肉となったのだ。

穀物問屋のひとり息子となれば、まさに上げ膳据え膳で質のよい白米を毎日たくさん食べさせてきたことだろう。

ところが、わが子の笑顔のために食べさせた大量の白米が江戸わずらいとなって子供の身体をむしばんでいたのである。

貧しい地方でこの病が起こらないのは、白米をそもそも大量に食べられないからだ。ならば治療法の手がかりはその地方の食生活にある。白米の代用としていた粟や稗などの雑穀、玄米などが江戸わずらいを防いでいたのだった。

余談ながら、明治維新で帝国海軍は麦飯と西洋式の献立を採用することで脚気の罹患率を数十パーセントから二パーセント程度にまで低下させた。

だが、帝国陸軍は海軍への無用の反発から兵糧を和式にこだわり、「国のために戦ってくれる兵隊さんたちにおいしい白いご飯を」との愛国心がさらに拍車をかけたせいで、全軍の約三割が脚気に悩み続けることとなったのである。

陸軍がその献立を海軍同様の洋式にあらためるのは、大正時代になってからだった。

京助に子供の処置方法を聞かれた北斗は朗らかな顔で立ち上がった。

「米ぬかを食わせれば解決です」

「ほう」と京助は感心した声を上げたが、権六は「何ということを」と腰を抜かした。

「坊ちゃんに米ぬかだなんて、旦那さまや奥さまの耳に入ったら私が殺されてしまいます」

「薬としてですよ、薬として。しばらくして症状が安定したら、以後は、そうですね、粟や稗の入った飯とか、麦飯なんかを三日に一度くらい食べてもらって。穀物問屋なら手に入りやすいでしょ？　あと、大根の葉っぱとかもばりばり食べましょう」

「あのぉ。それは人間の食べ物なんですよね？　鶏の餌ではなくて」

と権六が恐る恐る聞けば、京助は横で快活に笑っている。

「あははは。俺はな、権六どの、この男の言うことに基本的に信頼を置いている。もしその旦那とやらが文句を言うなら、小石川養生所の岡本京助が認めた治療法だと言い返せばいい」

文句があるなら自分に言ってこいというのだが、それでは申し訳ない。

「さっき鶏の話が出ましたけど」

「へえ」

「もしお疑いなら、鶏を二羽手に入れて、一羽には普通の鶏の餌を、もう一羽にはぬかをきれいに取った白い米だけを餌として与えてみてください。ちょっとかわいそうですけど、白い米だけを餌とされたほうは江戸わずらいに似た症状になるはずです」

「ふむ……。そういう実験ができるのはわかりやすくていいな」と京助が髭のない顎を撫でている。

とにもかくにも、徳太郎の治療方針は決まったのだった。

*

北斗が徳太郎の診察をしている様子を、邪魔にならないように窓からひっそり見ている者がいた。

およねと初音だった。

浅草寺から北斗を送り出したおよねだったが、しばらくして初音に「弥平の働いている姿を見てみたい」と言い出し、初音が連れてきたのだった。初音としても、仮におよねの具合が悪くなったら養生所へ運ばねばならないと思っていたので、渡りに舟だったのだ。

「江戸わずらいに、米ぬか……珍妙なことを思いつくものだ」初音は腕を組んでいる。

「難しいことはおれにはさっぱりだけど……あんなふうに働いていたのかねえ」

と、およねが背伸びをしながらしみじみと呟いている。

「およねさん……？」

初音がおよねの口ぶりに引っかかりを感じたときだった。

ひとりの女がきょろきょろと辺りを窺いながら、養生所のなかを覗こうとしていた。

だいぶ老け込んでいるようで三十とも四十とも判然としない。痩せて髪のほつれた、蒼白（そうはく）な顔色の女だが、目だけは強い光を持っていた。

「ここに誰か知り合いでもいるのかねえ。……ちょっと、あんた」とおよねが声をかけた。「誰か捜してるのかい？」

相手の痩せた女は、ぎょっとしたような表情になったが、同じように養生所を覗いている者同士だからか、軽く会釈して、

「先ほど、男の子がひとり運ばれたと聞いたのですが……」

「ああ、その子でしたらここから見えますよ」

と初音が場所を空けると痩せた女がおずおずと、しかし熱心になかを覗き見しはじめた。

「ああ……徳太郎……」

「そばについている髪がぼさぼさの者は、非常な知恵者でな。あの者がついてくれているのだから、安心するといい」

「左様でございますか。ありがとうございます。ありがとうございます」

と涙ぐむ痩せた女に、初音が、

「失礼ですが、御身内の方か。それならば中へ――」

「いいえ。あたしは関係ないんです」と汚れた手で涙を拭いている。

痩せた女はそのまま立ち去ろうとしたが、およねがその手を摑んだ。

「あんた、あの子のおっかさんなんじゃないかい？」

痩せた女の顔色がまた青くなる。初音が眉をひそめた。

「およねさん。あの子は穀物問屋のひとり息子。こう言っては何だが、この方が穀物問屋のおかみさんには……」

「これはね、子供を産んだ女の勘だよ。――あんた、あの子のおっかさんなんだろ？何か事情があるんじゃないのかい」

痩せた女を逃がすまいとおよねが手に力を込める。女の目がせわしなく左右に動く。

「あたしは……」

そのときだった。

「ちゃんと、お言いよ――」と言ったおよねの身体がぐらりと傾いた。

具合が悪くなったおよねはすぐに養生所で横にされた。北斗がついている。

「まったく。初音さんの話では、結構な速さで追いかけてきたみたいじゃないか」

およねが弱々しい表情で言い返す。

「あんたが医者らしく働いているところを見たかったんだよ」

「…………」

「それで、さっきの江戸わずらいの男の子は、大丈夫なのかい？」

「大丈夫だよ」と言って向こうの布団に寝ている徳太郎を窺って声を落とす。「それにしても驚いた。あの痩せた女の人があの子の本当のおっかさんだったとはね」

「ああ。あの女の人、おみちさんはあの子を産んだものの、食べさせていける見込みがなくて、知り合いの商家に養子にやった……」

「その商家が小谷屋で穀物問屋として財をなしたというのだから、世の中いろいろあるものだね」

「それがせいで、いまでは母子の名乗りも満足にできないんだもんねえ。——そのおみちさんは？」

「京助先生の計らいで、養生所の手伝いとして徳太郎の様子が見られるようにしてくれたよ」

「おっかさんも元気になったら、その子の様子を見に行こうかね」

「まずはゆっくり寝て。今度こそ、しばらく店は無理だからね」

およねが「はいはい」と力なく頷く。そのさまが、まるで本当の母親のように感じられて、胸に迫った。

「飲みたいものとか食べたいものはない?」

「何にもないよ。ありがとう。……いろいろ厳しくして悪かったね」

「え?」

およねは目を閉じている。目尻に涙がたまっていた。

「おっかさん、こんな性格だからさ。おまえに白いおまんまを腹いっぱい食べさせてやりたくって。夢中で働いてたんだけど。弥平、許しとくれ……」

最後のほうは言葉が口のなかで消えていく。気づけばおよねは規則正しい寝息を立てていた。およねにはおよねで、人には言えない苦労があったのだろう。それを一言、息子に詫(わ)びたかったのだろうが……。

北斗はおよねの掛け布団を直してやると、しばらくじっとその寝顔を見つめていた。


それからしばらく、およねは寝たり起きたりの繰り返しになってしまった。

その代わりと言うべきか、徳太郎のほうは日に日によくなっていった。調子のいいときにはおよねは徳太郎にお手玉をして見せてやっていた。おみちがそんなふたりにつかず離れずで見守っているのも、事情を知っている北斗や初音には憐憫の情を誘うものだった。

十日もすると、徳太郎はすっかり元気になり、およねに自分がならったひらがなを地面に書いて教えるようになっていた。

「おばちゃん、またまちがえてる」

「あーあー。ほんと。おばちゃんだめだねえ。明日っからまたお店に戻ろうっていうのにねえ」

徳太郎がさみしげになった。「おばちゃん、いなくなっちゃうの？」

「ごめんよ。お店があるからね。けど、他のみんなはいるから。おみちさんとかによくしてもらいな」

とおよねが言うと、少し向こうのおみちが会釈する。

「うん……」と徳太郎がしょげているときだった。

そこへ北斗がやってきて、徳太郎を中庭へ案内した。

冬でもないのに火鉢を運んできて、鍋をかけてある。中身は出汁で、醬油と酒、胡椒で味を調えてある。

「ほくとにいちゃん、これなに？」

その北斗は卵を必死にかき混ぜている。

「泡立て器があれば楽なんだけど。これ、食べたことあるかな？」

卵白が泡立つまでよく混ぜた卵を出汁のなかに一気に回し入れた。しばらくすると、卵がこんもりと山のように盛り上がってくる。

これには徳太郎も、「うわああ」と目を輝かせた。

「おばちゃん、みて」

「すごいねえ」

「もういいかな。さ、これで真ん中をつぶして」

と北斗が徳太郎におたまを渡す。徳太郎がおっかなびっくり膨れた玉子の真ん中におたまを入れると、穴が空いて急激にしぼんだ。

「おもしろーい」

北斗は器に玉子と汁を一緒によそって、徳太郎たちに渡した。

「玉子ふわふわ、という食べ物だよ。さあ、どうぞ」

徳太郎がふうふうしながら玉子を食べる。

「そらのくもかわたみたいにきえちゃった」

およねやおみちにもわけた。

以前、京助も言っていたが、養生所では鶏を飼っているので卵が容易に手に入るが、江戸では卵は大変な貴重品だった。何しろ卵一個のほうが、かけそば一杯より値が張ったのである。そこで、少ない卵でお腹いっぱいになる方法を考えて作られた料理が、この玉子ふわふわだった。

北斗はこれを二十一世紀の浅草で食べたことがあったので、思い出してやってみたのだ。

出汁の潤沢な明石焼きのような味わいで何ともうまい。

出汁が残っているので、もう一度やった。

みんなが玉子ふわふわを満喫した頃、初音が複雑な表情でやってきて、告げる。

「徳太郎、おっかさんがお見舞いに来たぞ」

おみちが、はっとした表情で奥へ引っ込んだ。

京助の先導で身なりのこざっぱりした若々しい女が入ってくる。やや化粧が濃い。

女は徳太郎を認めると小走りになった。

「徳太郎」とやってきた小谷屋のおかみのお勢が大きな声をあげて小さな徳太郎を抱きしめた。「すっかり元気になって。よかった……」

抱きしめられた徳太郎が潰れている。

「くるしい……」

北斗が唖然としていると、お勢が徳太郎を抱きしめたまま、

「このたびは本当にありがとうございます。先生の治療、最初はとても信じられなくて。でも、わが家で鶏を手に入れて白い米ばかりを食べさせたところ、すぐに江戸わずらいと同じようになってしまって」

「そうでしたか」

「このお礼はちゃんと用意します」

と、お勢は徳太郎を抱きしめることに専念する。

初音が、北斗だけに聞こえるように、「いままでまったく見舞いに来ないで、元気になった途端にいそいそとやってくる。白粉くさいし、いやな母親だ」

「まあまあ」と、こちらも小声で苦笑する。

「……子供がいちばん会いたいときに、親というものはなかなかいないのだよな」

初音の口調に悔しげなものが入っていた。初音は老中・水野忠之の妾腹の子。物質的な支援は十分あったようだが、熱を出しても父が飛んでくることはなく、剣で褒められても報告することもできなかったのだ。

「さみしかった、ですか」

「親のわがままで、いつも子供は犠牲になるものだ」

初音の口ぶりがそうさせたのか、北斗にもお勢の喜び方がどうにも居心地が悪く感じられてしまう。

そのとき、徳太郎がひときわ暴れてお勢の腕の中から逃げ出した。

「くるしい。たすけて」と逃げ出した徳太郎を、お勢が追う。「おばちゃん、たすけて」

そう言って徳太郎は、洗濯物を取り込んでいた痩せた女――おみちにぶつかった。

「どうしたんですか」

と言ったおみちだったが、徳太郎を追ってきたお勢と目が合った。

「あんたは――」

と言ったきり、お勢もその場で固まっている。

おみちは何も言えず、何にもできず、真っ白な顔をうつむかせていた。

「爺やがこの前、言ったんだ。おいらには本当はもうひとりおっかさんがいるって」

「え」

「なんてことを」

ふたりの女は真っ青になって固まっている。

「おいら、さみしかった。おばちゃんはずっとおいらのそばにいてくれた。おばちゃんのほうがいい」

という徳太郎の言葉にも、ふたりの女は何もできずにいる。

おみちが取り落とした洗濯物は土にすっかり汚れてしまっていた。

翌日、およねは養生所を出て、自らの飯屋に戻った。

前回はすこぶる元気だったのだが、今回は表情が硬い。

徳太郎のことを——徳太郎の生母であるおみちを、そうと名乗らせないで養生所の手伝いにしてもらったことを——気に病んでいるようだった。

「おっかさん、余計なことをしちまったのかねえ」

あのあと、お勢は京助に掛け合って、さっさと徳太郎を屋敷へ引き取ってしまった。おみちひとりが残された格好になったのだが、そのおみちもぐったりと元気をなくし、その日の日暮れには養生所を出てしまったのだった。

「気に病んでもしょうがないことは、あるよ」

と北斗は答えた。半分、自分に言い聞かせている。

それは徳太郎のことだけではない。およねのこともだった。「もし次に倒れるようなことがあったら、そのときは覚悟してくれ」と京助から言われているのだ。

自分がおよねの息子の弥平ではないこと。

さらに、およね自身の身体のこと。

ひとつだけでも重たい嘘を、ふたつながら背負っている北斗である。

けれども、気取られてはならない。浅草寺のときのように鬱屈した表情を見せてはいけない。それが何にもできない自分にできる、唯一のことだと思っていた。

飯屋に戻ったおよねはゆっくりと掃除をしはじめた。ずっと寝ていたせいか、身体が動かないと文句を言いながら、あちこちを掃除する。北斗も手伝った。

その同じ頃。根津神社からやや離れたぼろ屋に、浪人がひとりと、無頼らしき男が三人、こそこそと相談事をしていた。

「およねの奴が戻ってきたぜ。例の医者見習いの偽の息子も一緒だ」

と言っているのは、先日、およねに金を無心しに来た寅七である。

「いくら図体(ずうたい)がでかくとも、俺の剣にはかなうまい」

と浪人が酒をあおっている。

「よろしく頼みますよ」

寅七が酒をついだ。

男どもはいずれも武家屋敷の中間部屋で開かれる博打(ばくち)の場で知り合った者たちだった。博打は勝つよりも負けるほうが多いし、負けたときのほうが次こそ勝てるはずと力が入ってしまうものだ。そうこうしているうちに寅七はじめ全員、それなりに負けが込み、中間部屋での借金がかさんでしまった。

そろそろ金を返さなければ、自分たちの首が危うい。危うい者同士で額を集めて、いまここにいる。

寅七たちはおよねの店を襲おうというのだった。

夜になった。月もない曇りの夜だ。

飯屋の前で辺りを窺うが、誰もいない。

「しかし、この飯屋にそんな大金があろうとはな」

と無頼らしき男が言う。

「土間の下の瓶にがっつりあるんだよ」

寅七が木戸に手をかけた。


階下の物音に、北斗が気づいた。横を見ればおよねがすやすやと眠っている。北斗は静かに起き上がると、およねを揺すって起こす。

「な、何だい？」

「しっ。下に何者かがいるみたいなんだ。部屋の隅で隠れていて」

「ええっ？」

「大きな音がするけど、びっくりしないでね」

およねが隠れた。

北斗は警棒と警笛、懐中電灯を準備する。

下を窺った。数人の男の気配がある。「どこに金があるんだ」「土間から動かしやがったのか」と聞こえてきた。

北斗は警笛を思い切り吹き鳴らした。

激しい警笛の音に、男たちが腰を抜かす。

「な、なんだ!?」

「おまえたち、何をやっている!?」

北斗が大声をあげ、階下に飛び降りた。懐中電灯で相手の顔を狙う。

「うわっ」

身をかがめ、怯んだ相手の脛を警棒で痛打した。ひとりが「ぎゃっ」という情けない声をあげて転倒した音がする。

「ええい。奇怪な奴めっ」

と浪人が刀を振りかぶった。

得物の長さが違いすぎる。北斗は懐中電灯で浪人の顔を照らした。動揺した浪人が片手で顔を守る。北斗は、刀を持っている浪人の手首を警棒で打った。

を思い出す。

「ぐわっ」と叫んだ浪人が刀から手を離す。刀を取り上げた。重い。素振り用の木刀

「久しぶりの感覚だ」

見よう見まねで、刃と峰を反転させた。

「構わねえ。もう火をつけちまえ」と寅七が叫ぶ。

そのときだった。「そんなことさせないよっ」と二階から声がして、およねが転がり降りてきた。

「来ちゃだめだ」

北斗はそばにいた浪人の身体に何度か峰打ちをくらわせると、木戸を蹴破り、外の光を入れた。警笛を再び吹き鳴らす。

「火事だぁ」とあえて叫ぶ。

二十一世紀にいたときの知識だ。泥棒、と言われても周囲の人は動かないが、火事と聞くと反応するという。

その間に、北斗はもうひとりの無頼を峰打ちで気絶させる。

「婆ぁ、金はどこだ!?」

「そんなもの知らないよ！」

寅七とおよねが取っ組み合っていた。男の力におよねが勝てるわけもなく、およね

は突き飛ばされてしまった。

「おまえ！」

北斗は寅七の膝と腰を激しく峰打ちして動けなくさせた。

にわかに外が騒がしくなった。火事の言葉に周囲が反応してくれたのかと思ったが、違っていた。

「呼び子笛のような激しい音がすると思ったら、やはりおぬしだったか」

苦々しげに言ったのは同心の神山源太郎だった。他にあとひとり、部下である目明かしらしき男がついている。

「神山さん……」

「礼なら、養生所の京助先生とあの若武者どのに言ってくれ。昼間は若武者どのが見張るから、夜は気にかけてくれと頼み込んできたからな」

「ああ……」

「お奉行の名まで出してくるから引き受けたが、本当にこんな連中を捕まえられるとはな」

無頼どもは源太郎に任せ、北斗は突き飛ばされたおよねに駆け寄った。

「おっかさん、おっかさん！」

およねが小さく唸って目を開く。

「ああ……」

「おっかさん、わかるかい。俺だよ。弥平だよ」

すると、およねはしわだらけの顔にやさしい笑みを浮かべた。

「すまなかったね。赤の他人さまを、おれの最後の夢につきあわせちまって」

「え……？」

「ふふ。弥平はとっくの昔に死んでる。あの寅七が顔を見せたときにぜーんぶ思い出したんだけど……悪かったよ」

「そんな」

「あの子を、弥平を死なせたくなくて、お医者に診せる金が欲しくて、おれは一回だけお天道さまに顔向けできないことを——盗みをやっちまったんだよ」

寅七はそのとき、下っ端として働いていた男だったという。それで、およねが大金を持っていると思っていたらしい。

盗んでまで手にした金をもってしても、弥平は死んでしまった。

残った金は大川に捨ててしまったのだとか。

「およねさん。……ごめん。息子だなんて、俺、ずっと嘘ついてて」

不覚にも涙がこみ上げてきた。

「ふ、ふふ。あんたはいい人だね。おれはね、ここで死にたいと思ってたんだ。弥平と一緒にいた、この小さな飯屋で」

「およねさん……」

「ありがと。おまえさんのおかげで、弥平が元気だったらこんなふうだったんだろうなって姿を、見せてもらったよ」

　翌日、京助に往診してもらったが、もうできることはなかった。

　けれども、北斗はおよねのそばについていた。

「いまの俺は、およねさんの息子の弥平ですから」

　それから二日後の夜、およねは北斗に看取(みと)られて静かに息を引き取った。

第三章　名奉行・大岡越前

およねを見送って数日が経った。

「じめじめしてますねえ」

と養生所を手伝っているおせきが掃除をしながらぼやいた。

おせきの言うとおり、江戸は梅雨のまっただ中にあった。

雨でけぶるなか、紫陽花（あじさい）が青や赤紫の花をつけ、何とも言えず風情がある。養生所の板塀を小さな蝸牛（かたつむり）が一生懸命のぼっていた。

「そうですね」と、北斗がおせきに相づちを打つ。

すると北斗の目の前に座っていた初音が顔をしかめた。

「そんな気の抜けた返事をしていると……こうだ」

と初音がいい音を立てて銀を打った。

「あ、それは痛い」

「待ったはなしですよ」

北斗と初音は将棋をしているのである。北斗が盤面に覆い被（かぶ）さるようにした。

「……そういえば、将軍・吉宗さまは将棋がお好きなんだよね」

と北斗が何かで読んだ知識を披露した。

「そうだ。神君家康公は囲碁がお好きだったため、囲碁のほうが格上とされているのだが、上様はそれがお嫌なようで。囲碁と将棋のどちらが格上かという碁将棋席次争いがあったが、大岡越前どのが碁が格上であると裁定を下した」

「へえ。おもしろい話があるんだね。――ここに打つか」

「む。そんなところに桂馬（けいま）を……？」

初音が考え込み始めた。

「ふむ。興味深い形になっているな」と、手の空いた京助が首を伸ばしてくる。「明日は晴れるといいな」

「そうですね」

と北斗はどこか元気のない声で答えた。

京助が小さく笑う。

「ふっ。おぬしは何も悪いことはしていないのだ。初音どのとふたり、奉行所に行けばいいだけ」

「そうはおっしゃいますが、やはり御白洲（おしらす）と聞くと緊張します。初音さんは平気なんですか？」

「そんなわけないだろう。緊張している。ああ、いまので思い浮かんだ手を忘れてしまった」

明日、南町奉行所の白洲に北斗と初音は呼び出されていた。

以前、養生所の世話になった穀物問屋のひとり息子、徳太郎をめぐって母親同士が「徳太郎は自分の子である」との訴えを起こしたのだ。その立会人として、忠相から呼ばれたのだった。

翌日、きれいに晴れた。

北斗と初音が南町奉行所へ行くと、どういうわけか同心の神山源太郎が待っている。

「お奉行さまに呼ばれてきたのですが」

と、やや警戒気味に北斗が告げると、源太郎がことさらに苦い表情を見せた。

「そのお奉行が俺を案内役につけたのだ」

白洲に案内された。その名のとおり、白い細かな石が敷き詰められ、掃き清められている。この白い小砂利は裁きの場の潔白や公平さ、神聖さを表すものとされていた。

筵が何枚か敷かれていて、北斗と初音は隅のほうを示された。

すでに別の筵には徳太郎の爺やである権六が座っている。

やがて、お勢と徳太郎、それからおみちが入ってきた。

真ん中の二枚の筵にそれぞれ座る。北斗はお勢とは目が合わなかったが、徳太郎には手を振り、おみちには軽く会釈をした。

源太郎たち同心が建物の中と白洲のそれぞれの場所に腰を下ろした。

奉行所で裁きを受ける場全体を、御白洲と呼ぶ。

「南町奉行、大岡越前守さま、御出座」

独特の節をつけた声が白洲に響く。裃（かみしも）を身につけた忠相が御白洲の最奥の席に現れ、座った。全員が両手をついて頭を下げる。

「一同、面を上げい」

と忠相が発した。

もともと色白でやや面長の美男である忠相だが、この姿を見ると問答無用で「大岡越前」と呼びたくなった。

町奉行が出てくる前に、吟味方与力という者たちによってあらかじめ取り調べの吟味が終わっている。まず忠相はその内容を確認した。

「さて──。穀物問屋の小谷屋の内儀・お勢。また、おみち。おぬしら両名はその徳太郎なる子を自らの子だと主張し、互いに引くことがない。もって、この御白洲での裁定となった。これに相違ないな？」

「はい」と緊張した面持ちのおみちの声が震えている。

「お奉行さまに申し上げます」と声を発したのはお勢だった。「徳太郎は私がずっと育ててきたわが子。おいしいものを食べさせ、暖かな着物も着せ、何不自由なく育ててきました。それをいきなりそのおみちという女が、自らの子だと盗もうとしているのです」

忠相は怜悧な面持ちのまま、「その話はすでに聞いている」とお勢を黙らせた。

お勢が自らの言い分を先に言ってしまったが、忠相はおみちにも発言の機会を与えた。おみちはやや声を震わせながらも、まっすぐに忠相を見て、言った。

「徳太郎は私がお腹を痛めて産んだ子です。ゆえあって小谷屋さんに預けることになってしまいましたが、やはり、どうしても……」

「わが子として取り戻したいというのだな」

「はい……」

忠相は視線を権六に向けた。

「権六。おぬしは小谷屋の使用人であり、徳太郎の面倒を見る養育係でもあったようだが、そのおぬしが徳太郎に『もうひとり別の母親がいる』と言ったと聞いている。それはまことか」

「へえ。私は古くからお仕えしており、徳太郎坊ちゃんがどのようにして当家に来たかも存じ上げております」

「つまり、おみちのいうように、おみちが産んだ子をお勢が引き取った、ということだな」

「なぜ、おぬしはその話をいま徳太郎にしたのだ？」

「へえ」

するとと権六は、老いた顔をしわくちゃにして涙をぽろぽろこぼし始めたではないか。

「坊ちゃん、江戸わずらいで。いつも元気な坊ちゃんが、泥みたいにぐったりしちまって。なのに、私しかついていないんですよ。どれだけお忙しいか知らないけど、奥さま、いちばん坊ちゃんがつらいときに一度も見舞いに来なかったんですよ？」

しばらく権六のすすり泣く声が続いた。お勢は唇を噛んでいる。おみちは着物のたもとでそっと目尻を押さえていた。

北斗も胸が痛んだ。

なぜだか、死んだおよねの顔が思い浮かぶ。

忠相は北斗に目を向けた。

「小石川養生所、医者見習い・山口北斗。おぬしは徳太郎の江戸わずらいを治したと聞いている。実に大きな働きをした。そのおぬしから見て、母であるお勢が見舞いに来なかったことについて、どのように思うか」

警察官としての北斗ならば、本件事案は民事不介入として関係してはいけない領域かもしれない。しかし、死んでしまった息子なのにどうしても会いたくて、自らも死出の旅へ行くまえに見ず知らずの北斗を自分の子だと思ったおよねと、すでに出会ってしまった北斗には伝えなければいけない心があった。

「俺は――いや、私は」と言ったところで喉が詰まって、北斗は咳払いした。「どちらの言い分が正しいのかはわかりません。けれども、母と子というものはどれほど離れていても、どれほど時を経ても、やはりずっと一緒にいたくてしかたがないものだと思うのです」

ちょうど、およねがそうだったように。

できることなら、およねのような悲しみを背負って生きてほしくない。

「ふむ」

忠相がこちらの心底を見抜くような瞳を向けていた。

「病のときにはそばにいてほしいと思う。たとえどんなに贅沢をしても、人間、死ぬときはその贅沢をぜんぶ捨てていかなきゃいけない。それよりも、笑顔や握った手の温かさや毎日のごくありきたりの会話に、どれだけわが子を思っているかという母と子の情は流れているのではないでしょうか」

忠相は初音にも意見を求めたが、初音は「ありません。北斗どのが語ったとおりです」と述べるにとどまった。

法で裁けるものではなかった。二十一世紀の日本なら民法などで何かしらの解決へ辿(たど)り着けるだろうが、もはやここで問われているのは法の問題ではなく、気持ちの問題になっている。

　大岡越前守忠相は町奉行として裁定をしなければいけない。

　忠相は命じた。

「徳太郎、立ちなさい」

「はい」と徳太郎がちょこんと立ち上がった。

「お勢。それに、おみち。おぬしらは徳太郎の腕を持て。お勢が右で、おみちが左である」

「はあ……」

「こうでしょうか……？」

　ちょうど徳太郎が十の字になったように、ふたりの女に腕を持たれている。

「いまからおぬしらふたり母として、徳太郎の腕を力いっぱいに引き合って、己のところへ引き寄せてみせよ」

　お勢とおみちに戸惑いの表情が浮かんだ。しかし、忠相が催促すると、ふたりは徳太郎の腕を引き合い始めた。

　最初は緩やかだったが、かわいい徳太郎を取られてはかなわじと徐々に引く腕に力がこもっていく。

　お勢が引き、おみちが引き戻す。おみちが力を込めれば、お勢がさらにやり返す。

そのたびに徳太郎の頭がぐらぐら揺れていた。

しかし、それも長くは続かなかった。

「痛い。痛いよ」

と徳太郎が悲鳴をあげ、泣き始めたのだ。

「あ」と、おみちは思わず手を離してしまった。

徳太郎の身体はお勢がしっかりと抱き留める。

忠相が声をあげた。

「それまで」

おみちはうなだれ、徳太郎を抱きかかえたお勢は大喜びしている。

「ああ、徳太郎。これで徳太郎は私の子だ。よしよし。痛かったろう」

ところが、忠相は予期せぬ台詞(せりふ)を言った。

「待て。その子は先に手を放したおみちのものである」

忠相以外の、御白洲にいる誰もが目を見張った。

真っ先に声をあげたのは、お勢だった。

「なぜでございますか。お奉行さまのおっしゃるとおり徳太郎の腕を引き合いました。勝った者の子でございましょう」

「この越前、勝った者の子だとは言っておらぬ」

「あ……」

忠相は威儀を正し、お勢とおみちに説諭するように呼びかけた。

「本当の母親なら、子を思うものである。どれだけわが子を思っているか。痛がって泣いている子を、なおも自らのほうへと引く者がなぜ母親であると言えようか」

お勢ががっくりとうなだれた。

いままで晴れていた空が灰色になり、ぽつり、と雨が頬についた。


お裁きから三日。朝から江戸は梅雨空だったが、夕方近くになって日が射してきた。

「もうちょっと早ければ、洗濯物がはかどったんだけどねえ」

と、おせきが嘆いている。

門のところに、深編笠をかぶった着流し姿の男が立った。

「ごめん」

北斗が門へ出てみると、男は深編笠を取っている。忠相だった。

「あ、お奉行さま」

「京助はいるかね」

「はい」

「あとおぬしもいいかね。話がしたい」

忠相の来訪を京助に告げると、京助がおせきに酒をつけるように言った。

「酒と言っても肴(さかな)は空豆だけだがな」

と笑っていた。

「何よりのごちそうだ」

と忠相も屈託なく笑っている。

とても、御白洲の場で子争いという厳しい案件に裁定を下した人物とは思えぬ。

色あざやかに茹(ゆ)であげた空豆がきれいだった。口にすればやや青くさいがふっくらとしている。塩味が効いていた。

「此度(こたび)の子争い、名裁きだったそうだな」

と京助が冷やかすように言うと、忠相は苦笑いになる。

「やめてくれよ」

「徳太郎はおみちの下へ戻ったのだな」

「ああ」と頷き、酒をなめた忠相が、「ほんとうは直前まで迷っていた。だが、北斗どのの言葉を聞いて、迷いを吹き払えたのだ。礼を言う」

急に話の矛先が向いて、北斗は空豆にむせた。

「ごほ、ごほ……俺がですか」

「おぬしの名のとおりよな。旅人を導く北斗七星。北を指し示す北辰は北斗七星があるから容易に見つけられる。天帝の乗物ともされる。その七つの星の呼び名は、貪狼、巨門、禄存、文曲、廉貞、武曲、破軍とされ、ことにひしゃく形の先にある破軍星はその方向に向かって戦う者は勝ち、逆らって戦う者は負けるとされる。味方としてこれほど強い名はないだろう」

と忠相が褒めた。

余談だが、幕末の戊辰戦争において庄内藩二番大隊が掲げた軍旗は、北斗七星を逆さまに描いたもので「破軍星旗」と呼ばれた。破軍星を背にして戦う者には必ず勝利があるという中国の故事はここでも生かされたのだ。

同じ幕末と言えば、江戸幕府旗艦にして、榎本武揚らが北海道へ逃れるときに用いた開陽丸は武曲星の別名・開陽星に由来する。

「とんでもないことです。名前負けもよいところで……」

「謙遜しなくていい。その名をつけてくれた親御の願いは、立派に果たせていると、この忠相は思う」

「ありがとうございます」

忠相の言葉に、北斗は胸に迫るものを感じた。

再び忠相は話を今回の裁きに戻す。

「おみちは生みの母だが、お勢は育ての母だ。それに衣食を考えれば小谷屋で育ててもらったほうが徳太郎にとって幸せかもしれない」

「俺も、それは考えました。けれども、それだけでは母と子の幸せは成り立たない、いやむしろ、それらがなくても、ただそこにいてくれるだけで幸せだというありかたがある、と。それを俺はある人から教えてもらったのです」

北斗がおよねの話をすると、忠相は何度も頷きながら聞いてくれた。

「そのおよねにとって、おぬしはまことの息子のような尊い存在だったのだろうな」

「だったら、よかったと思います」

京助が忠相に酒をつぎながら、

「では忠相は子を引き合えばおみちが勝つと思っていたのか」

「いや、それはない」と忠相は首を振った。「やはりあのとき、あの瞬間のおみちとお勢の気持ちがあの結果になったのだろうよ」

「ふうむ……？」

忠相の言葉に、北斗も頷けるものがあった。

お勢は自らも鶏に白米を与えて江戸わずらいになるかを試したと言っていた。実際に世話をしたのは使用人かもしれないが、彼女なりに徳太郎を気遣ったところもあったように思える。

しかし、やはり子供がいちばんいてほしいときにいてくれるのが母親というものであってほしかった。だからこそ、母親にとってもわが子は命に代えても幸せになってほしいと願う、かけがえのない子宝となるのだろう。

空豆をほろほろと食べながら、北斗は祈る想いだった。

「これから、おみちと徳太郎には幸せになってほしいものだが、さしあたってどのように食べていくのか」

忠相が視線を落とした。江戸町奉行という重職にありながら、自らが裁いた人びとのその後の生活にまで気にかけるのはなかなかできることではない。

「それでしたら、ちょうどよいところがありまして」

と北斗が笑顔になる。

「ほう」

「死んだおよねさんがやっていた飯屋を、おみちさんにお願いしました」

子争いへの大岡裁きの評判と共に、根津神社そばの飯屋を訪れる客も多くなり、およねがやっていたとき以上の賑わいを見せていくのだが、それはまた別の話だった。

「最近、この小石川養生所の評判がいいようですねえ」

と、手伝いに来てくれるおせきが米をとぎながら言った。

「そうですか」

と北斗が洗い物を手伝いながら聞き返す。

「はやり風をぴたりと抑えちまったし、このまえは江戸わずらいも治しちまった。お奉行さまの子争いの名裁きも、もとを正せばこの養生所が舞台だったっていうんで、江戸の人たちの見方が変わってきた感じですよ」

「へえ」

「前はねえ、養生所に行ったら薬の実験台にされて帰ってこられないなんて悪口を言う連中もいたんですから。北斗さんが来てくれてからいいことばっかり。名前のとおり、妙見菩薩(みょうけんぼさつ)さまの生まれ変わりなんじゃないかね」

妙見菩薩とは北斗七星、あるいは北極星を神格化した菩薩で、諸願成就の功徳がある。

その神呪は鎮護国家の力があるとされ、北斗七星のなかにある破軍星が医薬を司る薬師如来と同一視されたことから、薬師如来の化身とされることもあった。

現世利益を願う妙見信仰は平安時代に広まったとされるが、中世には武士の軍神としても崇められ、物事の善悪を見分ける力を持つともされている。

「俺はそんな偉いものではないですよ」

門のところで何か騒いでいる声がした。

北斗が洗い物を手早く終えて門に顔を出すと、どこかのいい年をした男と京助が言い合いになっていた。男は食いつめ者のような身なりだ。

「するてぇと何か？　ここの養生所では俺を診ねえっていうのか？」

「そうは言っておらぬ。ここは病の人びとを受け入れるところだ。おぬしはどう見ても病人ではないからだめだと言っているんだ」

今日も手伝いに来てくれていた初音が、京助の後ろで男に白眼を向けている。

北斗は素知らぬ顔をしながら京助と男の間に割って入った。

「はいはいはい。どうしたかな……って、おじさん、もう三回目じゃない」

「そうだ。このおやじ、また養生所に入れろって騒いでいるんだよ」

と京助が腰に手を当ててうんざりしている。

「さっさと俺を養生所で診ろって言ってんだ」

「はいはい。あんた、どこも悪くないよ。ただ飯が食いたいからって、養生所に入ろうとしないの」

「そんなことねえ！　今日は正真正銘、大熱があるんだ」

男は急に拳を固めて北斗を殴ろうとした。

「あぶない！」と初音の声がする。

北斗はその男の行動を予期していたかのごとく自然に動き、男の腕を掴んで背中に回した。

「あんた、これ以上暴れるなら、こっちもそれなりにやらせてもらうぞ。腕の一本も折ればしばらく養生所に入れてやれるが、どうする？」

「ぐ、ぐ、ぐ……」

北斗が男を放してやると、男は「覚えてろ」と捨て台詞を残して走り去っていった。

「覚えてろ、なんて初めて聞いた……」

「お見事でした」

と初音が微笑んでいる。

「あ、いや……どうも」

北斗はなんとなく頭をかいた。初音が笑顔のままこちらを見ている。気恥ずかしい。出会った頃はどこかつんけんしていたものだが、この頃は機嫌がよいらしい。養生所の評判がよくなってきたからなのかもしれない。ただ、にこにことした顔でじっと見つめられるのはあまりなれないのでやめてほしい……。

「やれやれ。評判がよくなったとはいえ、あの手のばかがちょくちょく来るようになったのは困ったものだな」

と京助が口をへの字にしている。

「まあ、そういうときこそ俺が締め上げますから」

交番勤務での酔っ払い対応と比べれば、多少の実力行使が許されるぶん、楽だった。

「頼もしいことです」と初音。

北斗がどのように返そうか言葉を探していたときだった。

深編笠の侍がごく自然な感じでこちらへやってきたのである。格好からして大岡忠相かと思ったが、忠相よりも背が高く、身体もがっしりしている。よく鍛えられた、隙のない足運びだった。

「ここが小石川養生所だな」

と侍が確かめるように言う。

「そうだ。何かご用か」

京助の問いに、男はするすると門の中へ入りながら笠を外した。

その顔を見た三人が三様の反応を示すなか、男はずんずんと中へ入っていく。

「すまんな。ここに来たらまず奥まで入れと忠相に助言されたものでな」

「あ……こちらです」と初音がばたばたと先導し始めた。

京助が眉をひそめながら足早にあとを追い、北斗は不思議な気持ちで続いた。

客を迎えるいつもの間についていて腰を下ろすと、京助は襖(ふすま)を閉めた。

苦み走った男が微笑んでいる。

「なるほど。たしかに俺に似ているようだな」

男の目線は北斗に向けられていた。その言葉どおり、男と北斗は瓜二つ——若干、男のほうが年上で鋭いだけで、見目形は鏡に映したようだ。

男はあざやかに月代を剃り上げているが、北斗は総髪のままという違いはあったが。

とうとう初音が叫ぶようにして両手をついた。

「う、上様」

男——八代将軍・徳川吉宗はその笑みを初音に向ける。

「そちは老中・水野忠之の娘であったな。鼻筋が似ているが、ふふ、あやつにはもったいないほどの美しい娘に成長したな」

「お、畏れ入ります——お声も似ている……」

初音が消え入りそうにしながら、礼をしていた。

玄関から足音が聞こえ、部屋の前で止まった。

「京助、いるか」忠相の声だった。

「いる。いくつかの意味で」と言って京助が忠相を中に入れた。「これは一体どういうことなのだ」

さすがに京助の顔色がよくない。

「上様のいつもの悪い癖だ」

「悪い癖？」

するとと吉宗が声をあげて笑った。

「ははは。誰もつけずに江戸市中を歩き回るのは、なかなかやめられない。人びとの声が聞こえるのがいい。何事もしきたりと先例で塗り固められた江戸城にいるだけでは息が詰まってしまうよ。――初音。もうよいぞ」

やっと顔を上げられた初音が吉宗を見て固くなっている。

「公方さまのお忍びについては噂は聞いていましたが、まことのことでしたか」と京助が額の脂汗を拭って立ち上がった。「茶の用意をさせましょう」

再び吉宗が北斗に向き直る。

「ふ、ふふ。余と似ていることで、だいぶ苦労したようだな」

「あ、いえ。とんでもありません」

と北斗が答えると、初音がしきりに袖を引く。どこか言い方を間違えたのだろうか。

「忠相からいろいろ聞いていてな。余に似ている男がいる、と。忠相ですら己が目を疑ったと言うではないか。それだけでも会ってみたいと思っていたのだよ」

「左様でございましたか」

先ほどの初音の話では声も似ているという。たしかに昔、映像に映った自分の声を聞いたときと似た感じがして、落ち着かない。

「さらに、はやり風の伝染を防いだり、見知らぬものを作ったり、江戸わずらいを治したり。ついには忠相が裁きの参考にまでしたとなれば、これは一度会ってみなければならない」

「いえ。俺……私などは特別なことをしたわけでもなく――」

「ふふ。そう固くなるな。いまの俺は松木新七郎。さる旗本の五男よ」

「は、はい」

初音ほどではないが、固くなるなと言われてもさすがに無理だ。目の前にいるのはあの〝暴れん坊将軍〟なのだ。ドラマの暴れん坊将軍も凛々しかったが、実際に会ってみると、威厳とか権威とか、それだけで言えるような人物ではなかった。

京助が茶を持ってきた。

吉宗は出された茶を――それこそ毒見もせずに――うまそうに舌を鳴らして味わっている。

不思議な人だな、と北斗は思った。

最初はこちらも緊張するのだが、しばらくするとどこか心が落ち着いてくる。そうなってくると自分から遥か遠くの徳川将軍というよりも、本当に無名の旗本の五男のような飾らなさを感じた。

本物の人物とは意外とこういう者なのかもしれない。

「俺もいろいろとやらねばならないことが多くて、いつも自分の力も器量も時間も足らぬと頭を痛めている」

と吉宗が飾らずに苦笑していた。

「そうなのですか……」

「何だかんだ言っても俺は江戸生まれではない。江戸城のしきたりひとつ、いまだにわからぬことだらけだが、だからこそ、江戸の町をよくしたいと思っている」

「はい」

「すべての国を豊かにしたいが、それは神ならぬ身ではどうすることもできぬ。まず、江戸を栄えさせ、よい町にすることで、その高みが大坂や京、さらに諸藩へと広がっていくようにしたい。ちょうど水が高きから低きへ流れるように」

「なるほどですね」

ふと吉宗が真剣な目になる。

「そういう気持ちもあって、江戸わずらいという病が嫌いでな。まず名が気にくわない。それで北斗よ。江戸わずらいはどういう病で、どうやって治したのだ？」

北斗はぬるくなった茶で口のなかを湿らせた。

ゆっくりと、北斗は江戸わずらい――脚気――について、自分が知っている内容を話し始めた。いくら吉宗が聡明（そうめい）な将軍であろうと努力していても、江戸時代の人間としての限界がある。ことに、江戸わずらいの原因が精白米偏重の食生活にあると聞いたときにはにわかには受け入れられないようだった。

吉宗が眉間をもむようにしている。

「まさか、米が……」

その反応に、北斗は歴史上の人物としての徳川吉宗の事績を思い出した。

吉宗の改革の大きな課題に、米価の問題があった。

当時、幕領からの年貢をはじめ、幕府の収入は頭打ちになると共に、米価安の諸色高となって武士も庶民も生活が不安定になった。

吉宗の先々代、六代将軍・家宣（いえのぶ）の頃には、幕府収入約七十六万両に対し、支出は百四十万両にまで膨れ上がっていた。

幕府の財政危機は待ったなしの状況となり、吉宗によって司法と財務の合理化など様々な改革が始まるわけだが、吉宗を悩ませ続けたのが米価の問題だったのだ。

江戸時代は貨幣も流通していたが、本質は「米」経済である。

諸藩の経済力は石高という米の取れ高によって測られ、武士たちの俸給は米によって支払われる。その米を売ることで貨幣を手にし、米以外の物資を入手していた。

吉宗は幕府の収入を増やしたいと新田開発を大胆に奨励した。

結果、米の量は増えた。

だが、米の量が増えたことで米の価格が下がり、武士たちの生活は逼迫する。幕府を支える第一は武士。彼らの生活の不安は幕府への不満になる。

米価の安定とその他物価の引き下げに苦心した吉宗はとうとう貨幣の改鋳――実質は改悪――に手を出すまで突っ走ることになる。

結果、幕府は黒字を作り出し、武家の収入も安定したが、米価高騰が庶民の生活を逼迫させてしまう……。

毎日毎日、米相場に目を光らせ、ときに介入した吉宗は、「米将軍」という異名を持つことになるのだった。

「江戸は豊かになりました。白い米の飯を心ゆくまで食べることもできるようになり、江戸っ子たちの間では、白い飯をたくさん食べておかずを少ししか食べないというのがひとつの流行になっていると聞きます。ですが、その食べ方が――」

「江戸わずらいの元凶だったというわけだな」

「何事も過ぎたるは及ばざるがごとしということでしょう」

と忠相が吉宗を慰めるように言う。

「武家も庶民も、白い飯を腹いっぱい食べられるようにしたいと願っていたのだが、難しいものだな……」

吉宗のため息に、北斗はいつの間にか声をあげていた。

「そんなことはないと思います」

「…………」

「やはり、人びとにとって白いごはんをたくさん食べられるというのは何よりの幸せです。いまお奉行さまが言われたように、過ぎないことです」

「ふ。たまには米ぬかを食え、と?」

「米の飯ばかり食べないこと。麦飯とか、五分づき米とか、玄米とかも食べること。粟や稗といった雑穀も食べること。そういうふうにすれば回避できます」

だが、今度こそ吉宗は腕を組んで深くため息をついてしまった。

「いくら将軍といえども、人びとの飯の内容にまで口を出すのはな……」

「江戸っ子というものは人から口出しされたら、かえって逆にしようとするようなところもありますからな」と忠相。

京助や初音も頷いている。そう言われれば北斗にも、もっともなように思われた。

「だとしたら、たとえば自分で好んで麦飯を食べたくなるような食べ物を流行らせるとか」

「ほう?」

「山芋をすったとろろ飯なんかは、白い飯よりも麦飯のほうが合いますよ」

するとこれまで黙っていた初音が目を輝かせた。

「とろろ飯、千住宿でとてもうまいのを出す店がありますね。するすると食べられるのに塩みものどごしも申し分なく、腹持ちもよいので旅の者はもちろん飛脚や人足などの激しい労働をする人びとにも人気です」

「ふふ。なるほど」と吉宗が笑う。「新田開発の次は、山芋作りを奨励しないといけないか」

「たとえば、の話です。また、江戸わずらいの予防だけではなく、米がたくさん取れるようになったからこそ米が凶作のときの備えも大事になるので、薩摩芋とか」

「さつまいも……薩摩の芋がどうしたのだ？」

口が滑った。薩摩芋の普及はまだだったようだ。同時代人ではない気安さから、少し先走ったかもしれない。

だが、薩摩芋の普及も吉宗の時代だったと思ったのだが。

薩摩芋――さらにそのまえに大陸から渡ってきたので唐芋――の研究者の名前を思い出し、

「青木昆陽という人物をご存じですか」

「青木……？」と吉宗が首をひねる。

「町奉行所の与力が目をかけている儒学者に青木という男がいたように思う。その男がどうしたのだ？」

と忠相が聞いてきた。

「その者に農作物の研究をさせると才を伸ばしてくれるはずです。米が不作の年に諸藩がどのように乗り越えたか、とか」

「ふむ。それが先ほどの〝さつまいも〟というのにつながるのだな」

「……まあ、そういうことで」

少し話しすぎたかもしれない。

「ふふ。ここまで来ると博識を通り越して千里眼か八卦見(占い師)かと思えてくるな。いずれにしても、すべてを教えてもらうのは俺の性に合わぬ。苦しくとも自分で悩んで見つけた答えのほうが、自分自身も納得するし、それがあってこそ他人をも説得できるというもの」

「俺も、そう思います」吉宗が潔い性格でよかった。

「ときに北斗。俺はこのように忍び歩きが好きでな」

「はい」

「どうだろう。俺の代わりに何日か江戸城で将軍の振りをしてくれないか」

と吉宗がにやりとする。

「いや……さすがに、それは――」

北斗のうろたえぶりに、吉宗が声をあげて大笑した。

庭で小さな蛙(かえる)が葉から葉へ飛び移っている。


それからしばらくして、吉宗と忠相は養生所を出ていった。

ふたりの姿が見えなくなると、北斗も京助も、初音までも、深くため息をついた。

「はは。まさか本物の公方さまがこの養生所に来ることになるとはな」

京助がすっかり冷め切った茶の残りをあおる。

「寿命が延びたような、縮んだような、妙な心持ちです」と初音。

「俺もさすがに将軍さまが来るとは思ってなかった……」

いまさらのように背中が汗でぐっしょりしていた。

「おかげでたしかに、少ししゃべりすぎたな？」

と京助が何かを含んだような笑みを向ける。また汗が噴き出た。

「――!?」

「おぬしの身なり、持ち物、何よりもその知識。どのような場所へ行こうとも手に入れられぬものばかりだ。はたしてどこで手に入れられるものかと思っていたが、さきほどの〝さつまいも〟なるものの話でわかった気がする」

「京助先生……」

すると京助は、袂から細いガラス管を取り出した。

ビードロと呼ばれる南蛮渡りのガラス細工の、吹き口だけを切り出したような形で、先端が竹槍のように切り落とされている。

「おぬしの指示で作った過日の石鹸もそうだし、このガラス管というのもそうだ。体内にたまった余分な水や血を抜くためにとおぬしが考えてくれたものだが、単純な仕組みながら俺はいままで思いつきもしなかった。——すべて、いまのわれわれが到達してはいけないものばかりなのだな？」

京助の探るような目つきに、北斗はただ黙っている。

「…………」

初音が怪訝な表情をしていた。

京助がふっと肩の力を抜く。

「まあ、いろいろあるのだろう。それはきっと公方さまもお気づきになったはずだが、あれ以上追及なさらなかった。だから俺もそれでいいと思っている。ふふ。公方さまとおぬし、同じような顔だとものの考え方も似るのかもしれんな」

京助自身も、吉宗の来訪という緊張から解放されて口が軽くなっているようだった。

そのときである。門から大きな声がした。

「先生！　助けてください！」

町火消しの又七の声だ。同じ火消しの文吉が、雨上がりの濡れた屋根で足を滑らせて転落し、養生所に担ぎ込まれてきたのだった。

*

それから一ヵ月ほどして、文吉は養生所を退出できることになった。

「京助先生、北斗先生、ありがとうございました」

「ほんとに、うちの亭主、ドジなもんだから、先生たちにご迷惑おかけして……」

文吉と、妻のおゆみが何度も頭を下げている。その文吉だが、左手は三角巾で吊り下げられたままだ。

屋根に上って火消しの仕事をしようとして転落し、左腕を骨折していたのだった。

骨折の対処なら北斗も多少は明るい。骨を安定させ、添え木をして動かないように処置したのだった。

「あと三ヵ月くらいは火消しの仕事は無理だからな」と京助。

「へい。それは、もう」

「ほんとですよ。骨がきちんとくっつくまでに変に動かしたら、元に戻らなくなりますからね。おかみさん、ちゃんと見ててやってくださいね」

「もちろんです。北斗先生にも本当にお世話になりました」

「ひどく背中を打っていたようなので身体のなかに傷ができていないか心配だったけど、何事もなくてよかったですよ」

「いやまったくで」

門を出た文吉とおゆみが、いつもと逆の道を歩き始めた。

「あれ。どちらか行かれるのですか」と声を張る。

「全快のお礼に上野の寛永寺にお参りをして、帰りにその、かみさんとうまいものでもと思いやして」

三十半ばの夫婦だが、まるで夫婦になりたてのように照れていた。

「せいぜい奥さん孝行してくださいよ」

へい、と文吉が頭を下げ、おゆみが支えるようにしながら歩いていく。

微笑ましいものだな、と北斗も養生所に戻ろうとしたときだった。

文吉が何かを落とした。

文吉さん、と声をかけたが、ちょうど角を曲がってしまったところだった。

北斗は小走りにその落とし物を拾いに行く。銭入れのようだ。上野にうまいものを食べに行くと言っていたが、金がなくては困るだろう。文吉夫婦を捜したが、見当たらない。駕籠(かご)でも拾ってしまったのだろうか……。

困ったなと頭をかいていると、「どうしたのだ？」と若武者姿の初音が声をかけてきた。手に、何かを持っている。

「初音さん。養生所の手伝いに来てくれたんですか」

「知り合いからいい軍鶏（しゃも）をもらってな。京助先生と北斗どのに持ってきた。鍋にするとうまいですよ。おせきさんならさばけると思う」

と手にしていたものを軽く持ち上げる。

「それはありがとう。ところで文吉さん夫婦を見なかったか」

北斗が事情を話すと、初音が眉をひそめた。

「それはいけない。上野の寛永寺にお参りに行くと言っていたのなら、私がひとっ走りしてこよう」

「いや、それなら俺が」

「北斗どのは養生所の医者だ。病人が来たときにいなければいけないだろう」

まだ十七歳の若い身体は動きたくて仕方がないのだろう。北斗が初音に文吉の銭入れを渡すと、代わりに軍鶏を受け取った。

「すまないね」

「なんの。では、ごめん」

と初音は軽やかに走り出した。総髪の髪が躍動的に左右に揺れている。夏の暑さに負けない若さが、まぶしかった。

　夕方頃になって、初音が養生所に戻ってきた。

「ああ、初音さん。おかえりなさい。おせきさんがちょうど鍋の準備をし終えたところだよ。手を洗って来てください」

　ふつふつと煮える出汁の匂いがする。

「ああ……北斗どの」

　と初音が浮かぬ顔をしていた。

「どうしました？」

「受け取らないんだ」

「え？」

「あの銭入れ、なかの金は治療のお代だ、受け取ってくれ、と」

「養生所は治療代を受け取らないのだけれども」

「私もそう言ったのだ。そうしたら、ちょうど落としてしまったのだからそう思って拾った北斗先生に受け取ってもらってくれ、と譲らなくて」

「上野でおかみさんとうまいものを食べると言っていたけど、それは大丈夫だったのかな」

「その分は別にあったらしいので……」

京助が苦笑しながら口を挟んだ。

「まあ、そこまで言うなら今回は特別に受け取ってもいいのではないか。江戸っ子というのは一度言い出したら聞かないものだから。それで、いくら入っていた。三百文くらいか」

「は？」

「三両」

「三両もの大金が銭入れに入っていたのだ」

初音の声に京助と北斗が絶句する。三両。とんでもない大金だった。

「あのぉ。そろそろ軍鶏がいい塩梅(あんばい)ですよ」と、おせきの声がした。


二十一世紀の日本において、一両をいくらと見るかは意見が分かれるところである。現代の貨幣価値でいえば四万円とも十万円とも四十万円とも言われている。長い江戸時代のどの時点での貨幣価値にするかなども考えないといけないが、仮に十万円だったとすれば、単純に三十万円入っていたことになる。

一両は、銭でいえば四千文（四貫文）にあたる。金銭の価値を物価で考えてみれば、米一升は百文。豆腐一丁は五十文で、鰯(いわし)十尾も五十文。うどん一杯はだいたい十文だった。

　町火消しは本来、鳶職の男たちが火消しの仕事をしている。少ないながらも火消しの給料はあり、花形の纏持ちで二貫文から三貫文、平では五百文程度と言われているから、町火消しの給料だけで三両を貯めようとすれば途方もない額だとわかる。

　そういうわけで、翌日、北斗は一も二もなく、め組の文吉を訪ねた。

　腕が動かないので現場で働けない文吉は、め組で若い連中に鳶の仕事の指示を出していた。

「おや北斗先生。珍しい。こりゃどうも」

「忙しそうですね」

「いや、なんの」

「ちょっといいですか」

「もちろんでさ」

　文吉が若い連中を下がらせると、北斗は切り出した。

「昨日の銭入れのことなのだけど」

「ええ。どうぞ受け取ってくださいまし」

「いやいや。少額なら今回だけはと思ったけど、かなりの額ではないですか。これはお返しします」

と銭入れを懐から出すと、文吉が不機嫌な顔になった。

「その金は、俺が落とした金。落とした瞬間からもう俺の金ではないのだから、受け取るわけにはいきません」

「理屈はわかる。けれどもこの金額は尋常ではない。おかみさんは知っているのか」

と言うと、文吉の横に座っていたおゆみが顔をしかめた。

「このばか、三両もの大金をどこに貯め込んでたんやら」

「がたがたぬかすな。てめえは黙ってろ。……北斗先生、とにかくその金は受け取ってください」

困った。北斗はこういう形での金銭のいざこざに遭うとは思ってもみなかった。

「では、こういうのはどうでしょう。俺がいたところで、金の落とし物を拾ったときには、落とし主から謝礼として落とした金の百分の五から二十の範囲を受け取る、という法があるのです。その形でどうでしょう」

文吉の表情が危険なものになった。

「北斗先生。冗談言っちゃいけねえ。ここは江戸ですぜ。江戸には江戸の掟、江戸っ子には江戸っ子の譲れねえ決まりってもんがあるんでさぁ」

「しかし」

「その金は先生のものだ。これ以上この話を蒸し返すってぇなら、先生であっても容赦しませんぜ」

そこへ、又七が飛び込んできた。「火事です」

「何だって」と文吉が色めき立つ。「こうしちゃいられねえ。野郎ども、いちばんのりはめ組だからな」

下がっていた男たちに言い放ち、文吉も走り出そうとする。

「文吉さん、腕！　走ったらだめだから！」

「わかってますって。――おい又七。若いのまとめて急ぎやがれ」

め組が慌ただしくなる。北斗は外へ出た。初音が半ばあきれたように待っていた。

「言わないことではない……」

「そう言うなよ。それより、火事だ。養生所の準備をしておかないと」

北斗が慌てるには理由があった。折悪しく、今朝から京助が忠相の往診で養生所を出ているのだ。


火事はさほどおおごとにならずに鎮火できたようだが、何人かが焼け出されて養生所に運ばれてきた。みな女ばかり。岡場所の遊女の住処が近かったようだった。

金のない彼女たちを診てやる所は、養生所以外にないのだ。

京助を呼びに行かせると共に、見習いたちで彼女たちのやけどを診ていく。

ひどいやけどの者はいないらしく、安堵の息を漏らしたときだった。

そのうちのひとり、まだ若い女がひどく苦しんでいる。

妙に腹が膨らんでいた。水がたまっているのだろう。

そのせいで逃げ遅れたのか、足にやけどを負っている。

女は北斗を認めると目に涙を浮かべた。

「せんせ……苦しいよ……」

北斗の胸が痛む。京助はまだ帰ってない。

警察官である自分とか、医師法とか、言っていられる状況ではなかった。

「大丈夫だ。俺がいま楽にしてやる。あんた、名は？」

「ち、ちか……苦しい……でも、金がないよ――」

「いらん」ほつれ髪が脂汗で額についているのを拭ってやると、おちかを見つめたまま初音を呼んだ。「この女の手足を押さえててくれ」

「何をするのですか」

「おちかの腹には水がたまっている。京助先生に使ってもらおうと思って考案したガラス管でその水を抜く」

耳学問でしかない。父親の話と家にあった本でしか知らない。しかし、いまここには自分しかいないのだから、やるしかない。

細いガラス管を、女の白い腹に挿し込む。抵抗。女が呻く。動こうとするのを初音が押さえる。

「あたしは……死ぬのかい」おちかがすがるように呟いた。「死にたくないよ……」

その呟きが北斗の心を刺す。

まるで蜂の針のように、小さいのにひどく痛い。

江戸時代に来て、どこか迷い、何か答えを出そうとして、どうしても踏み込めなかったところを、おちかの呟きが刺した。

父親から聞いたことがある。医者というものは基本的にいろいろな可能性を考慮する必要があるのだ、と。

父親はこんなことも言った。医者は絶対に「死なせない」とか、「必ず助かる」とかそういうことを言ってはいけない。どのように最善を尽くしても、予期せぬ出来事は起きる。予想していなかった感染症や急な天災が起きたときに、どうしようもないこともある。だから、「あなたを死なせない」とは言ってはいけないのだ、と。

父親はそれを医師の謙虚さだとして話していたが、北斗にしてみれば、最悪のことと責任をかぶらないことを考えているだけだと思っていた。ことに母親があっさりと死んでからは。

北斗は自分が江戸時代で父と同じようになっていたことに気づかされたのだ。

何もわからない時代。関わりすぎて歴史を変えてしまってはいけないという思い。

自分が何者かを隠し続けなければいけない日々。そのなかで、北斗は自分がこの時代を生きる人々に対しての責任を、他人任せのようになりつつあったことを突きつけられたのだ。

北斗は言った。

「大丈夫。俺が死なせやしない」

医者が禁忌とする言葉を、いまは使うべきなのだ。

ガラス管を伝って水が出てくる。北斗はもう一度、「大丈夫」と励ますと、おちかの小さな手を握りしめた。

北斗がおちかの手を握っていると安心したのか、おちかは眠りに落ちていった。

京助が戻ってきたのは、そんなときである。

「待たせたな」と手を洗った京助が、運ばれてきた人びとを診て回った。おちかのところへは最初にやってきて状態を確かめる。

大丈夫だ、と京助が小さく頷いた。北斗は深く深く息を吐き、緊張が抜ける。

ひととおり診て回った京助が、北斗を呼んだ。

「見習いたちもおぬしも、適切に処置をしてくれたようだな。問題ない」

「よかったです」

　おせきが井戸水で冷やした手ぬぐいを京助や北斗たちに配っている。暑い江戸の夏。冷たく絞った手ぬぐいで顔を拭く気持ちよさは言葉にできないものがあった。

「北斗どの。疲れたろう」

「はい……」

「今回はよかったものの、医者というのは無力なものだよな」

「京助先生……？」

「病を治した患者がその後、幸せになる保証はない。ましてやせっかく病から救ってやったのに、そやつが今度は人を苦しめる悪人にならんとも限らん。北斗どのはおちかという女を救った。けれども、それは、おちかが岡場所の苦海で苦しむ月日を増やしただけかもしれない」

「………」

「そもそも、世の中には治せない病気もごまんとあるし、前も言ったとおり、どんなに俺たち医者ががんばっても、死なない人間はひとりもいない」

　京助の苦悩は真剣に医の道と向き合ってきたからこそのものだろう。

　それと同じ苦悩は、どのような仕事にもあるはずだ。

　警察官だって、どんなに町の安全や平和を願っても、事故も犯罪も一向に減らない。

同じことはきっと忠相も感じていることだろう。同心の源太郎だって同じだろう。

文吉や又七たち町火消しがどんなにがんばっても火事は減らない。火事とけんかは江戸の華と言われるほどの〝名物〟なのだ。

どんな仕事についている人びとであっても、少なくとも世のため人のためと考える人びとなら、自分の無力さを歯がゆく思わないわけはないのだ。

「それでも、目の前で苦しんでいる人がいるなら俺は助けたい。いや、助けさせてほしいと思ったのです」

「ふむ……」

「俺が江戸に来た理由はいまだにわかりません。けれども、やっぱり目の前の人の笑顔は守りたい」

ふと視線を感じて横を見ると、運ばれてきた岡場所の女たちのうち、症状が軽い者たちが興味津々といった感じでこちらを見ていた。おせきと初音も交じっている。北斗はずいぶん青くさい話をしてしまったみたいで、恥ずかしくなった。

「いいわぁ。初々しくって」

「今度遊びにいらっしゃいな」

「そうそう。安くしといてあげるからさ」

岡場所の女たちに冷やかされて、ますます北斗は顔が熱くなった。

「いや、その……」

なぜか初音が文句を言い始めた。

「北斗どのはそのようなことはせぬ。何しろ、拾った三両を受け取らぬ方なのだからな」

女たちが盛り上がる。

「なになに。その話教えて」

「三両あったらどれだけ贅沢できるかしらねえ」

人の口に戸は立てられぬとはよく言ったもの。初音がここだけの話でした話は、数日もしないうちに江戸市中の噂となってしまうのである。

おかげで養生所の評判も高まったのはよかったのか悪かったのか……。

相手方であるめ組の文吉のほうも、野次馬が集まるようになっていった。

「落とした金がたとえ三両であろうとも受け取らねえ。いいねえ、それでこそ江戸っ子ってもんだよ」

「文吉さん、あんた男だよ。腕が治ったらうちの仕事を頼むからよろしくな」

そんな声をかけてくれる人が日に十人は下らなくなってしまった。

へい、へい、と丁寧に頭を下げながらも、誰もいなくなると、

「なんだか見世物になったみたいでまいっちまうな……」

「それだけ人気者ってことですよ」と又七が笑っている。

「ばかやろう」と又七の頭をはたいて、「こう毎日毎日知らない連中から声をかけられてたら、おちおち昼寝もできやしねえ」

「いてて。へへ。人の噂も七十五日って、お釈迦さまもおっしゃってるじゃねえですか」

「七十五日も耐えられるか。こちとら十日でもううんざりだ」


その頃、養生所ではおちかが退出しようとしていた。

「本当にお世話になりました」

白粉を落としたおちかが頭を下げる。どこか垢抜けて、少女のようにあどけなく見える。

「やけども、お腹の水のほうも、よくなってよかったです」

と北斗が言えば、おちかはもう一度深く頭を下げた。

「やけどやお腹の病気のせいで、もう岡場所に戻れないと思ったときには、どうやって暮らしていけばいいかわからず、いっそ死んでしまえばよかったのにと思ったのですが……」

おちかは京助の紹介で、浅草は駒形町の料理屋で働けるようになったのである。蝉がうるさいほどの暑い江戸だが、おちかの表情はさっぱりしていた。

「不慣れな仕事で苦労もあるだろうが、がんばって」と京助。

「また調子が悪くなったらいつでも来てください」

と北斗が言うと、おちかはふっと笑顔になって、

「あのとき北斗先生が握っててくれた手、本当に心強く思えました」

おちかとしてはごく当然のお礼だったのだろうが、北斗は鼻の奥がつんとなった。

「そう思っていただけたのなら、よかったです」

養生所をあとにしたおちかに手を振りながら、京助が尋ねてくる。

「おちかの手を握ってやったのはなぜかね？」

「――どうしても、そうしてあげたかったからです」

「それが医者としていちばん大切な心だ。医は仁術だなんて格好のいいものではない。ほんとうはそれしかないのだよ」

「先生……」

「医者や医術が病を治してやれるのだなんて、傲慢になってはいかんということさ。苦しんでいる人を何とかしてやりたいという気持ちが、もっとよい治療法や薬を見つけるための唯一の力。われわれは医者である前に、人間なのだからな」

その京助の言葉は、医者はあらゆる可能性を考えて謙虚でなくてはいけない、と言った父の言葉と似ているような正反対のような、落ち着かない気持ちがした。

医者への道を捨てた北斗は警察官を選んだ。

その北斗がもう一度、医者の手伝いをしている。

見た目は違うが、誰かのために生きたいという気持ちは変わらない。

その気持ちが江戸に生きる人と二十一世紀の北斗とで違わないのだとしたら――いつかは父親や弟ともそんな話ができるのだろうか……。

さらに言えば、自分は北斗七星のように誰かの道標になるような生き方を残せるだろうか。

元の世界を思い出して郷愁めいたものを抱いていた北斗の視界に、同心姿の神山源太郎が入り込んできた。

「養生所医者見習い、山口北斗。ご用の筋でお奉行がお呼びだ」

源太郎が汗をふきふき口上を述べる。この暑いのに黒い羽織は厳しいなと同情した。

「ご用の筋とは」

源太郎は口をへの字にしてみせる。

「おぬしが拾った三両、とうとう奉行所まで話が聞こえてきたんだよ」

文吉が落とした三両は、外野のほうが盛り上がってしまったのだ。

養生所の評判が広まったのは先に述べた。

め組に見知らぬ人びとがやってくるのも話した。

それがさらに広がっていっているのだ。

飲み屋では文吉が正しい、いや北斗が正しいと言い争いになり、けんかが日にいくつも起こるようになってしまった。別の所では、三両の金を文吉が受け取るか北斗が受け取るかで賭けが行われる始末。

もともとはただの落とし物だったのだが、江戸市中の騒ぎの種になりかねなくなってしまったのである。

奉行所の奥、忠相の自室めいた部屋に北斗と初音が呼ばれると、忠相は苦笑しながら「実にばかばかしい事態ではある」と前置きした。

「ばかばかしい事態ではあるが、そういうばかばかしい事態で人の世とは動きもするし、ほころびもする」

「はい」

そのへんの感覚は、警察官の本能とも一致する。

「ことがここまで大きくなってきたとなれば奉行所としても放っておけなくなったの

だが、正直私もどうしたものか考えている」

「あのぉ。三両の金をそのまま文吉さんに返せば丸く収まるのではないでしょうか」

と初音が言うが、北斗は首を横に振った。

「もう返せないよ」

「え？」

「周りの声が大きくなりすぎた。しかも俺と文吉さんのどちらが受け取るかで賭けまで始まっていると言うではないか。どちらが受け取っても賭けが成り立ってしまう。だからお奉行さまも悩んでいらっしゃるのだよ」

忠相が頷いた。

「さすが北斗。京助がいつも手放しで褒めているだけある。どちらが受け取っても、江戸の至るところでまた新しい揉めごとの種となるかもしれぬ。かといって、町奉行が三両を勝手に取り上げることもできぬ」

「ああ」と初音が首肯する。

「当の文吉のほうでも周囲の反応を持て余してきているらしい。いまが潮時だろうと思っているのだ」

やっとと言うべきか、とうとうと言うべきか、北斗は自分が大岡越前の名裁きとされる話に巻き込まれていることを悟った。

あれは講談だと思っていたからとか、町火消しと養生所の医者見習いという配役ではなかったからだとかいうのは、言い訳になるまい。

前回の子争いの裁きで気づかなかったのは、どこか自分ごとと考える気持ちが薄かったからかもしれない。

しかし、おちかの一件で北斗の気持ちは大きく変わった。それは自分をただの異邦人と位置づけていた考えから、いまいるこの江戸時代でどっしりと根を張って生きていこうという覚悟のようなものだった。

「お奉行さま。たとえばこのような解決の仕方はいかがでしょうか——」

と北斗が話し始めた。

*

それから二日後。御白洲には文吉と北斗、初音が呼び出されていた。

文吉、さすがに落ち着かない様子だ。

「畜生。こんな大事になるだなんて」

と嘆く声がときどき聞こえる。

裃にあらためた忠相が出てきた。

忠相の前には事の発端となった文吉の銭入れが置かれている。

「め組の文吉。そのほう、この三両の入った銭入れを落としたのだな」

「へい」

「その銭入れを、そこなる小石川養生所医者見習いの北斗が拾ってくれたのに、その受け取りを拒否したのは、なぜか」

「お奉行さま、その三両はもともと俺の気持ちだったんでさ。俺はそのまえに屋根でひっくり返っちまってこの腕を折っちまった。俺はもう火消しも鳶も無理だって目の前が真っ暗になりやした。それを養生所が治してくださったんですよ。何かお礼をしたいじゃねえですか。けれども、養生所は治療費を受け取らねえって言う。だから俺は自分の銭入れを落として、そいつを北斗さんに拾ってもらったんでさ」

　忠相は北斗に向き直った。

「北斗。文吉はこのように申しているが、おぬしはなぜ受け取らないのだ?」

「畏れながら、文吉さんがご自分でおっしゃったとおり、養生所は治療費を受け取りません。三両と言えば大金です。俺が自分のために受け取るわけにもいきません」

　忠相が小さくため息をついた。

「双方受け取らない理由はわかった。両名とも金に執着しないさっぱりとしたよい江戸っ子気質(かたぎ)と言えよう。両名に褒美をつかわす」

そう言うと、与力ふたりがそれぞれに三方を持ち、文吉と北斗の前に置いた。

二両の小判がどちらにも載っている。

「お奉行さま、これは――」

「文吉。おぬしはもともと三両を持っていたがそれを落としてしまった。落とした金をそのまま返してもらえば三両が手に入ったところ、褒美は二両であるから一両損したことになるな？」

「はあ」と文吉。

「北斗。おぬしは三両を拾ったものの、正直を貫いて受け取らなかったため、いま二両を受け取っても一両を損したことになる」

「はい」と北斗。

「おぬしらがもめていた三両ではふたりに二両ずつの褒美は出せぬ。そのためこの越前が一両出した」

「ええっ」と文吉が腰を抜かさんばかりにしている。「するてぇと、この小判は」

「その四両の小判は文吉の落とした三両に、この越前が出した一両。これによって文吉も北斗もこの越前も等しく一両ずつ損をしたことになる。もって三方一両損とし、裁定を下す」

文吉は平伏した。

二日後、忠相の役宅に、忠相と北斗、初音、それに吉宗の姿があった。

各人の前に膳が並べられている。

三方一両損の裁きを聞いた吉宗が忠相に命じて北斗と初音を誘ったのである。

さすがに江戸城に招くわけにはいかないので忠相の屋敷でとなったのだが、吉宗直々のもてなしには違いない。初音は石になっていた。

その吉宗はお忍びで気心の知れた腹心の忠相の役宅に来ている気安さか、衣裳もごくありきたりのもので、表情は穏やかである。

「いや、実に愉快だ」と吉宗が楽しげな声をあげている。「三方一両損。まさか、かような決着の付け方があろうとはな」

「畏れ入ります」と北斗。

「さあ、どんどん食べてくれ」

「はい……」

正直なところ、食べたところで味わっている余裕などない。

三方一両損を扱った落語では、御白洲のあとに忠相から膳を提供されることになっていたのだが、まさか吉宗から膳を出されることになろうとは……。

「さっそく江戸市中では、忠相の名裁きが噂になっているそうだな」

「ともかくも、この一件で江戸の人びとがこれ以上揉めごとなどを起こさなくてよくなったのは幸いでした」

あの裁定は、文吉と北斗、それぞれの顔を立てることになったのだから誰も文句のつけようはない。実損を蒙(こうむ)ったのは賭けをしていた胴元くらいだろう。

「それにしても北斗。おぬしはやはりただ者ではないな。舌先三寸で天下の町奉行・大岡越前守忠相に一両を出させてしまったのだから」

「あ、それについては、まことに……こちらにいただいた二両から、一両をお返しいたします」

北斗が忠相に三方一両損の解決方法を紹介したときから、一両はそのように返すつもりだったのだ。

「いや、構わぬよ。三方一両損。きちんとしておかねばな」

「しかし……」

「忠相もこう言っているのだ。もらっておけ」

と吉宗にまで言われてしまうと、北斗もそれ以上何も言えなかった。

「初音。箸が進んでいないようだが、口に合わないか？」

「と、とんでもないことでございます」

初音は慌てて鮎の塩焼きに箸をつける。その鮎だが、まばゆいほどの白い身と独特の甘い香気の肝とが舌を蕩かすようで、北斗は感動した。

しばらく食べ、かつ飲みしていたが、吉宗がこんなことを言った。

「ところで北斗、この膳の見返りというわけではないのだが、ひとつ頼まれてほしいことがある」

「何でしょうか」

「北斗。やはりしばらくの間、俺の代わりに将軍をしてくれないか」

以前もそのような冗談が出たものだ。

しかし、今日の吉宗はひどく真剣に北斗をまっすぐに見つめていた。

第四章

吉宗ふたり

大岡忠相の役宅を蜩の声が包んでいる。

夏の江戸の暑い一日が終わろうとしていた。

だが、北斗はいまこそ汗が噴き出るのを感じた。

隣に膳を並べていた柴田初音も同じだろう。

上座に座った徳川吉宗の発言がそうさせたのだ。

「一日でいい。余の代わりに徳川吉宗の身代わりを演じてくれ」

吉宗が言葉を繰り返した。

「お待ちください」と北斗は右手を突き出した。「何故にそのようなことになったのでしょうか」

「おぬしの機転、知力、胆力、なによりも余にそっくりだというその容貌よ」

「それはいくらなんでも買いかぶりすぎです」

さすがにこれは無理な相談である。

すると、忠相が吉宗に助言した。

「上様。あの書状の話をなさったほうが……」

「そうだな」

と吉宗は頷き、懐から一通の手紙を出す。

「これは……？」

「大坂から老中・水野忠之あてにきた質問状だ」

と吉宗が答えると、初音が、「父あて、ですか……」と反応する。

「中身は」

「読んでみてくれ」

と吉宗が言ったので、質問状なるものを受け取った北斗は、隣の初音をつついた。

「すみません。手紙を読んでくれませんか」

「は？」

初音はあきれて何か言いたそうにしたが、将軍吉宗の手前、手紙を読み始めた。

手紙には由々（ゆゆ）しきことが書かれていた。

「崩した字だと読めないのです」

――紀州から出てきたという天一坊（てんいちぼう）なる者が、「われは将軍ご落胤なり」と名乗っております。しかも、母親から譲り受けた品だという吉宗さまお墨付きの書状と御短刀を所持していたのです。当方確かめるすべもなく困惑するばかりで、まことに非礼のことながら質問申し上げます。これはまことのことでしょうか。いかに対処すべきでありましょうか……。

読み上げた初音が、いまにも卒倒しそうな表情になっている。

先ほどまでの膳の雰囲気も味も、何もかも吹っ飛んでしまった。

迷っていてもしょうがないので、北斗が尋ねる。

「この質問状に書かれている内容ですが、その、まことのことなのでしょうか」

「身に覚えはある」

吉宗があっさり答えた。初音が軽くめまいを起こした。

「そんな、上様が……そんな……」

吉宗を美化するきらいがある初音には、衝撃が強かったかもしれない。

北斗が覚えている歴史上の吉宗はそれなりの女好きだったはずだ。たまたま立ち寄った茶屋の娘に手を出したとか出さなかったとか。

その一方で、将軍の血筋を保つために整えられた大奥では、出費を抑えるための改革の一環として、美人ばかり五十人を集め、解雇している。理由としては大奥にいてそれだけ美貌でもあれば嫁のもらい手が引く手あまただろうから、としていた。ただの女好きなら美人ばかりを残しておきそうなものだが、このあたりが為政者としての吉宗の複雑なところだった。

さて、この質問状である。

吉宗が紀州にいた時代で、天一坊なる若者が生まれる頃にかような関係にあった女がいたかといえば、いた。いたけれども、それが即、自らの子であるという話にはならない。

「それに仮に上様のご落胤だったとして、なぜいま出てくるのか。将軍となったすぐでもよかったはずだ」

と忠相が首をひねっている。

「確かめる術もなく、大坂では天一坊なる者どもを通過させ、知らせではまもなく江戸にやってくるという。忠相の言うとおり時期がなぜいまなのか中途半端ではあるが、俺の落胤だと騒げば江戸は混乱する」

「はい」

「そこで、江戸に入ったところで一度、忠相が吟味する。そのときに俺もこっそり立ち会いたいのだ」

「なるほど……」

おおっぴらに吉宗が動いたら混乱はさらに大きくなる。吉宗が会ってしまったとわかった段階で、天一坊は本物であろうと偽者であろうと、将軍ご落胤でありうることが世間にしれてしまうのだ。

そこで吉宗は北斗に身代わりを一日務めてほしいというのである。

「ちょうどよく、俺はその日は風邪で寝込んでしまおうと思う」

「つまり俺は、風邪だと偽って寝込んでいればいい、と？」

「風邪だから執務はしなくていい。会う人間もほとんどいない。忠相からうまく話してもらって小石川養生所の岡本京助に医者としてそばにいてもらってもいい」

「私からも頼む。徳川の、江戸の安寧がかかっているのだ」

と忠相にまで頭を下げられてしまってはどうしようもない。

お引き受けします、と北斗は承諾した。


江戸城の将軍の寝所は広い。広いのだが自分ひとりの布団しかない。これではかえって風邪を引いてしまう……。

「そうは思わない？　初音さん」

と布団で寝たふりをしていた北斗が、そばについているはずの初音に声をかけた。

この寝所には、京助と初音、それに老中・水野忠之のみがいる。

今日の初音は京助の助手という肩書きだった。

忠之は、「まさかこのような形で初音と会うことになろうとは」と複雑な表情を見せていた。

水野忠之は見たところ、若い頃はいかにも精強そうだったのが窺える彫りの深い顔立ちだった。初音の美少年めいた美貌とはあまり似ていない。眉のあたりが似ているくらいか。

北斗の見たところ、実直そうな人柄に思われた。

将軍ご落胤の疑惑の最中に、老中とその妾腹の娘が対面しているのだから、気まずい空気があった。

けれども、これは北斗が望んだことだった。

「上様。あまりおしゃべりにならないほうが」

と初音、にべもない。

初音の対応がそっけないのは、実父との対面を仕組まれたからだけではなく、仕方のないことでもあった。

北斗は吉宗と瓜二つであることに間違いなく、忠之も驚きを禁じ得なかったようだ。しかしながら、身代わりの北斗には致命的な問題があった。髪の長さが足りないので、吉宗と同じ髷が結えないのだ。顔を見られてもいいのだが、頭を見られたときに説明に困る。風邪を引いて一夜で総髪めいた髪型になる病など、古今東西、聞いたことがない。

結果、夏の盛りに布団を頭までかぶらねばならないのだった。

「先ほどまでずいぶん高いびきをかいていらっしゃいましたな」

と京助が冷やかすように言った。

「本当ですか……ま、まことか」言い慣れない……。

「日頃の疲れが出たのでしょう」

やはり将軍の使う布団は違う。横になってしばらく記憶がなかったのはそのせいだったか……。

「それにしても——もっと清廉なお方だと思っていた」

と初音が小声で言う。

吉宗のことを言っているのだろう。

「おぬしが尊敬していたという兄弟子のことだな。寝ながら聞いていたぞ。まあ、男だから大目に見てやるしかないだろう」

と北斗がこれも小声で言い返した。

北斗が言っている「兄弟子」とは、もちろん吉宗その人を指している。

人払いはさせているが、聞き耳を立てられていないとは言い切れないからである。

初音が平坦な声で答えた。

「二十年以上前の出来事の結果として、そんな人物が現れても疎ましいだろうな」

「何しろ仕事が仕事だから。もめてはいけないという配慮はあるだろう。けれども、それだけだろうかな。なあ、水野」

　と将軍らしい言葉で忠之に話を振ると、忠之が驚いたような声を出した。

「う、うむ……？」

「老中どの。上様からのご質問ですぞ」

　と言う京助の声が淡々としている。

「左様……相手のことは愛おしいものです。何年経ったとしても。男とはそういう生き物にございますれば」

「もし、おぬしがそのような立場だったら、どうか？」

　北斗が重ねて問うた。不躾な質問ではあるが、身代わりとはいえ、一応、将軍なのだから答えなければいけないだろう。

　これまでの初音の感触から、父である忠之とかなり距離を置いているのは明らかだった。

　北斗の勘違いでなければ、父を拒絶していると言ってもいい。

　なぜそう思うかと言えば、北斗自身が父を拒絶しているからだ。

　それでもあえて、北斗がこの場を設けたのには理由があった。

　いま吉宗の、徳川家の一大醜聞になりかねない事態にあるからこそ、周りにいる老中と初音がきちんと話をすべきときだと思ったのだ。

「もし私がそうであれば」と忠之が静かに答え始めた。「私は少なくともただの遊びで契りを結ぶようなことはしてきませんでした。きっと上様も同じでしょう？」

「ふむ。たしかに余も同じだ」

と北斗が吉宗の真似を続ける。

「上様でしたら、その女のことも気にかかりましょうし、またその女と自分の子であれば顔も見たいでしょうし、この手で触れてもみたいでしょう。徒や疎かになど考えましょうか。上様もそのお立場でしたら、そう思われましょう？」

忠之の言葉に嘘はないように思えた。ちらりと見た初音の膝が震えている。

「まったくだ。女も子も、幸せであるかが気にかかるだろう。まあ、男のわがままと言ってしまえばそれまでだがな」

「……上様のおっしゃるとおり、ただの男のわがままでしょう」と初音が言う。やや鼻声だ。「しかし、その言葉がまことなら――女も子も救いがあるように思います」

忠之が洟を啜る音がした。

「ほう。おぬしも、若いのにそう思っていただけるか」

これでふたりのわだかまりがまったくなくなったと思うほど、北斗もお人好しではない。

ただ、初音と忠之にとっては新しい関係の始まりになってほしいと思う。

夜半になって本物の吉宗と忠相が帰ってきた。

本物の吉宗が「熱は下がったぞ」と宣言して、あらためて人払いをさせる。

「どうでしたか」と〝吉宗〟から小石川養生所医者見習いに戻った北斗が、かの天一坊について小さく尋ねる。

ところが吉宗は曖昧に首を振った。

「僧形のせいもあり、似ているとも言えず、似ていないとも言えず」

忠相も偽者との証拠を摑みかねていると言う。

「だが、いざとなれば止めねばなるまい」

たとえ証拠が揃わなくても、天一坊なる者を将軍ご落胤を詐称した者として告発するという決意を表していた。

どうやら忠相の見立てでは、天一坊はご落胤として認めるわけにはいかない程度の人物のようだった。

夜陰に紛れて下城する。

忠相は江戸城に残り、初音は老中・水野忠之と共に屋敷へ帰るとのことで、北斗は京助と共にこっそり養生所に戻ることになった。

「初音さん、父親とうまく話せればいいのですけど」

「今日のは少々お節介だったかもしれぬが、良薬口に苦しとも言うからな」

昼間の暑さが残っているが、静かな夜だった。草木も眠る丑三つ時というが、少し寝苦しいかもしれない。

提灯を持ってしずしずと歩く。

小石川養生所周りの木々が見えてきた。

そのときだった。

刀が鞘から抜かれる音がしたような気がしたのだ。

北斗が京助の腕を引いて飛び退く。そこを白い光がきらめいた。白刃一閃だった。

「何者だ!?」

相手は刀を立てて八双に構えている。星の光が刀身を輝かせたのでわかった。

だが、何もしゃべらない。頭巾をかぶっていて顔もわからない。

思わず、江戸にやってきた日の夜のことを思い出していた。

「われわれは小石川養生所の医者だ。誰かと勘違いしてやしないか」

と京助が声を張るが、相手の殺気は消えるどころかいや増すばかりである。

「京助先生。下がっててください」

と北斗が警棒を伸ばした。

京助が後ろに下がろうとした瞬間だった。

「やーー」と男が大地を蹴った。

北斗は提灯を投げつける。男の構えが崩れる。北斗の警棒。男が呻く。警棒で腕を痛打したのだ。本気で打った。男が右手をかばうように構える。

「構えが取れないだろう。隙だらけだ。どこからでも打ち込めるぞ」

程なくして男は撤退した。

「見事だな、北斗」

「しばらくは襲ってこないでしょう」

「ふふ。おぬしが夜この辺を歩くと、刺客に襲われるようにできているのかな」

「ほんと、何なのでしょうね。けれども」

「ふむ?」

「やはり紀州からのかの僧に関係した刺客のような気がしてならないのですが、考えすぎでしょうか」

京助は何も答えない。

地面に落ちた提灯が燃え尽きた。

翌朝、同心の神山源太郎が小石川養生所へやってきた。

「よう」と親しげと言うより、北斗を軽く見たような挨拶をすると、養生所のなかに
ずかずかと入ってきた。

「神山さん。今日は――？」

「なんだ、聞いてないのか」

「はあ」

「お奉行がこれからちょくちょく養生所を見回るようにと仰せなんだよ」

北斗と京助は顔を見合った。昨日、忠相からはそのような話を聞いていないが、源太郎が嘘をつく理由も見当たらない。昨夜、何者かに襲われたことはまだ誰にも伝えていなかったが、忠相なりに何かを察知してくれたのかもしれない。

源太郎は養生所の隅々を見回った。戸締まりがしっかりしているか、薬やそれに類するものがちゃんと管理されているかはずいぶん熱心に確認してくれた。

「おや。神山どの。右の手首の上のあたり、ずいぶんあざになっているようだが」

と京助が指摘する。

「ああ。昨日転んでしまってな」

「湿布でも出そうか」

「いや、結構だ。――それにしても今日も暑いな」

そのあざを見て、北斗の鼓動が跳ね上がった。あざの入り方、大きさなどが、警棒

で殴った痕跡に類似しているからだった。

まさか、昨日の刺客の正体が？

しかし、いったい何のために――。

源太郎が帰ると入れ違いのように初音が入ってきた。

「昨日はお疲れさま」

「うむ」

初音、いつも以上に武張っている。

「昨夜はあのあと」

「老中が私を屋敷まで送ってくれて、そのまま寝た。老中は自分の屋敷へ帰ったよ」

「そっか……」

なかなかうまくいかないものだなと思ったときだった。

「おい、北斗。ああ、初音どのも来ていたか。ちょうどいい。ふたりともちょっと来てくれ」と京助が奥へ呼ぶ。

北斗と初音が奥へ行くと、京助が見たこともない厳しい顔つきで立ち尽くしていた。

「どうしたのですか」

「数が合わない。薬棚から鳥兜（とりかぶと）が盗まれている」

鳥兜は蓬（よもぎ）と似た葉の形をしていて、青紫のあでやかな花をつけるが、全株が猛毒である。だが、調合の量を正しくすれば心臓病の薬になったりもするため、養生所に置いてあるのだった。

「鳥兜なんて、素人が扱える代物ではないのに」

かく言う北斗も、こればかりは触りたくない。

京助は盗難として奉行所にすぐさま届け出たのだが、なぜか源太郎はおろか、誰も調べに来ないではないか。

「いったい同心どもは何をしているのだ」

と京助がいらだっていた。

二十一世紀なら指紋を採取して犯人に辿り着けるのだが、いまはそのような道具はない。

ただし、物証はなくとも心証が真っ黒な人物なら、すでにいる。

北斗は初音を呼び出すと、養生所の裏で昨夜からの出来事をかいつまんで話した。

「なんと。あの神山どのが昨夜の刺客かもしれぬと!?」

「しっ。声が大きいです」

「あ……」

「しかも、いま鳥兜がなくなったのも神山さんが養生所を見回ったあと。あまりにも奇妙な一致ではないかな」

初音が興奮してきたような顔で頷いている。

「あの神山どのは最初から北斗どのや私に横柄な態度を取っていたな」

「何かしら含むところはあると思っている。――それで初音さんに頼みたいことがあるんだ」

「何なりと」

「神山さんの動向を一緒に探ってほしいんだ」

「む……」初音が唸った。「あとをつけたりとか、そういうことですか」

「はい」

と北斗が言うと、初音が両手を広げる。

「自分で言うのもあれですが、そういう務めには私は目立ちすぎだと思うのです」

「……たしかに」と北斗も渋い顔になった。「俺も目立つな」

「――気づいていなかったのですか」

「だって、俺、前にいたところではそういうのが仕事だったから」

だが手をこまねいているわけにはいかない。

ふたりはふと目を合わせて、同じ言葉を口にした。

「め組に頼もう」

文吉は相変わらず腕を固定していなければいけない状態だが、又七がいる。

ふたりはさっそく、め組を訪ねた。

「え？　俺が同心の旦那のあとをつけるってんですかい……」

と又七が腕を組む。

「そうだ。けれどもそれがお奉行さまや、もしかすると将軍さまのお命に関わるかもしれない」

すると又七は横にいる文吉に、

「ぶ、文吉よぉ、俺、そんな大それた真似、できねえよ」

文吉は固定していないほうの手で又七をはたいた。

「ばかやろう。それでも江戸っ子か!?」

「あいた！　けど……」

「けどもへったくれもあるかい。てめえみてえな半ちくな野郎が北斗先生のお役に立てるなんざ、ありがてえことじゃねえか」

文吉が睨みつけ、又七はうつむいた。

しばらくして又七が顔を上げる。

「……わかりやした。お役、お引き受けいたしやす」

北斗は深く頭を下げた。

夏の暑さがまだまだ続く。何しろ涼を取る手段が打ち水や団扇に限られるのだ。暑い夏を少しでもやり過ごそうと、北斗は食べる物で工夫を凝らしていた。

おせきに頼んでいつもより濃いめに作った味噌汁を、鍋ごとざるに入れて、井戸で冷やしておく。ちょうど飯時によく冷えておくようにするのがコツだった。

夏は茄子がいい。うまいし、よく手に入る。煮つけにしてもいいし、薄く切って塩もみし、醬油を垂らしたものもうまい。

鱸が手に入るときには塩焼きにした。

あとは豆腐売りが持ってくる豆腐。これはずっしりしていて大豆の滋味そのもののかたまりみたいだ。しかもよく冷えているのがいい。すりおろした生姜をのせて醬油をかけ回せば、相当なごちそうになる。

それに梅干し。江戸の夏にこの酸味がどれほど重要かを教えられた。

そんな膳を用意していると、だいたい初音が無言で目を輝かせて寄ってくる。

「食べていきますよね」

「ご相伴にあずかります」

今日はさらに又七が加わった。同心・神山源太郎の尾行をお願いして三日たった夕刻だった。

「いやこれはまた。ぜんぶ北斗先生がお作りになったんで？」

「まさか。ほとんどおせきさんだよ。俺は手伝うだけ」

　するとおせきが飯をよそいながら、

「そんなことありませんよ。京助先生と違って北斗先生は、料理屋をやっても大成功なさいますよ」

「たしかに北斗は料理に関しても発想が飛び抜けている」

　と京助が太鼓判を押していた。

　その横では、初音が一心不乱にそれらを口に運んでいる。

「又七さんもよかったら一緒に食べてよ」

「へい。実はさっきから腹の虫が鳴って鳴って……」

　まずそれらを腹に収めるだけ収めて、あとかたづけでおせきが座を外すと、本題を話し始めた。

「どうだった？」

　と北斗が問うと、又七が声を潜めた。

「あの同心の旦那、口は悪いみたいですが働きぶりは真面目で。さてはこっちの尾行に気づかれたのかとも思っていたのですが、今日の昼すぎに妙なところへ出向きまして」

「妙なところ？」

「へい。尾張徳川家の下屋敷へ入っていったんです」

北斗は思わず初音と顔を見合った。京助も渋い顔をしている。

尾張徳川家はその名のとおり徳川将軍家の分家である御三家のひとつにして、その筆頭である。事実、第六代藩主・徳川継友は吉宗と将軍の座を争う関係にあった。

しかし、六代将軍・徳川家宣の御台所・近衛熙子（天英院）が強く推挙したことにより、吉宗が将軍となったのである。「尾張は将軍位を争うべからず」という不文律のようなものもあったとされるが、現時点で仮に吉宗の身に何かがあった場合は尾張徳川家の継友が将軍となるのは、ほぼ間違いないだろう。

「尾張徳川家の藩主・継友公は蓄財の才に恵まれていると聞く。その反面、吝嗇であるとか多少短慮で行動をわきまえないところもおありだと噂だが……」

と京助が唸っている。

「それにしても神山さんがそんなところへ出入りしているのは気になりますね」

「へい。それでまずは北斗先生にお伝えしとこうと思いまして」

「ありがとう。引き続き頼むよ」

「へい」

そこで何かを思い出したように、北斗は懐から一両の小判を出して又七に渡した。

「先に渡しておくべきだったね。少ないかもしれないけど、当座の尾行の足しにしてくれ」

「あ、いや、そんな」

と又七が恐縮すると北斗はにやりとした。

「大丈夫。この一両はお奉行さまが損した一両だから」

……ところが、そのお奉行、大岡忠相に危機が迫っていたのである。

*

天一坊たちは江戸に至るまで大坂では大坂城代に、京都では京都所司代に「われこそはご落胤なり」と名乗り、証拠の品を見せ、有り体に言えば金をせしめて江戸までやってきていた。

金があれば家来も集まる。

「われこそ将軍ご落胤。いまはかような身なれど親子御対面が果たされた暁には、われに従う者どももきっと手厚く報いようぞ」

との天一坊の誘いに、徐々に人が増えていった。浪人どもがほとんどだ。みな、いまの自分の身の上と世の中に不平不満を持っている。そのなかでも「将軍ご落胤」などという珍奇な旗印を担いでみようという、ある種の山っ気のある者たちばかりが集まってきたのである。

数十人に膨れ上がって江戸にやってきた天一坊たちに、忠相が一度吟味をしたことは先に述べた。

このときすでに、天一坊一行は銃や刀を買い集め、身につけていた。

仮に忠相が江戸町奉行ではなく戦国の世の大名家老であれば、証拠の品なる吉宗の書状を反故(ほご)にし、御短刀を奪い、その場で全員を惨殺して幕引きとしたかもしれない。

だが、いまは太平の世であり、徳川は将軍家であって戦国大名ではない。

ましてやその将軍・吉宗が物陰からそっと覗いているとなれば、いかに忠相に胆力があろうともそこまでの蛮行には及ぶことはできなかった。

そうこうしているうちに、天一坊たちは芝高輪八山(やつやま)に屋敷を作り、移り住んだ。徳川将軍家を表す葵(あおい)の御紋の幕を張り、徳川天一坊と表札を立てるに至って、老中たちは狼狽(ろうばい)した。老中・松平伊豆守信祝(のぶとき)は大岡忠相に命じた。

再度、天一坊を吟味せよ、と。

江戸に住むすべての武士たちが、天一坊を脅威として認識した。

この頃には、天一坊を中心とした「ご落胤一行」の中心人物は、幕府側でも把握している。

すなわち、浪人であった赤川大膳と藤井左京、日蓮宗の僧侶である常楽院住職の天忠坊日眞、さらには山内伊賀亮である。

天一坊とこの四人が今回の事件の首謀者たちだと忠相も定めている。


かくして、忠相は再び天一坊の吟味に取りかかったのである。

天一坊の側でも再吟味がいつ来るかと思っていたであろう。多少駄々をこねて見せたが、忠相の吟味は吉宗の代理との言葉に、吟味を承服した。

だが、吉宗の代理という言葉こそ、彼らが欲していた言葉だった。

それは、今回の吟味を切り抜ければ吉宗が認めたと同じだということを意味するからだった。

そこで天一坊側は、陰謀の中心の四人がそろって同行した。

天一坊は自らを高しと見せようとしたのであろう、武家が用いぬ朱塗りの上に黒漆をかけた飴色網代の乗物を使った。

場所は南町奉行所である。

さすがに白い砂利のいわゆる「御白洲」ではない。

調べ用の部屋である。

しかも、まるで納戸のような粗末な部屋を、あえて忠相は用意した。

「これは」

と常楽院たちが鼻白むなか、伊賀亮だけが声を発さなかった。

この様子を襖の向こうから窺っていた忠相は、伊賀亮を難敵と認めた。

連中を動揺させ、反応を見るために粗末な部屋へ招いたところ、他のものは目論見どおりに動揺し、不平を露わにしたが、伊賀亮だけが違う反応を示したからだった。

年の頃は五十あたり。総髪の浪人ふうである。

案外、強敵かもしれぬ。

襖を開いて忠相が出座する。丸に向かう矢車の定紋の付継裃は普段どおりだった。

左右に、召捕り手たちが控えた。

「大岡越前守忠相である。天一坊の身の上に関し、再度吟味いたす」

すると天一坊が言い返した。

「これはしたり。先の吟味にて余がもったいなくも公方さまご落胤であることはおわかりいただけたと思っていましたが」

相変わらず嫌な目をしていると思った。嘘を平気でつき、その嘘を他人はおろか自分にも信じ込ませる、もっとも始末に困る男だ。

「その吟味にてわかりかねるがゆえの、再吟味である」

と忠相が言うと、控えていた伊賀亮が口を挟んだ。

「畏れながら申し上げます」

「その方は何者か」

「天一坊さま御側役(おそばやく)・山内伊賀亮にございます。天一坊さまの身の上の疑義につきましては本日は私めがお答えしたく存じます」

わかった、と忠相は頷いてみせたが、難敵と目をつけた伊賀亮が自ら出てきた以上、いよいよ気を引き締めねばならない。

吟味が始まった。

「それなる天一坊、将軍ご落胤を主張するにもかかわらず、紀州からまっすぐ江戸表へ向かわず、大坂、京都と時を無駄にしていたのか」

「その儀はこの伊賀亮の計らいであります。もともと天一坊さまは生まれてすぐに仏門に預けられ、世を捨てる定めとなられた身。それをわれら周りに侍(はべ)りし者たちが盛り立てて今回の江戸入りと相成りました」

「ふむ」

「されど、いま申し上げましたとおり、天一坊さまは仏門しか知らぬお方。たとえ生まれはご落胤とは申せ、それにふさわしいお躾が崩れているやもしれませぬ。そこで、大坂、京都にご滞在を願い、公家方諸侯との交わりのうちに諸礼諸式を御会得願った次第に存じます」

「左様であるか」忠相は目をやや細め、広く一同を観察している。やはり伊賀亮なる男、弁が立つ。

「天一坊は出家か」と忠相は続けた。

「出家にございます」

「ならばなぜ銃や刀を用意し、江戸の人びとを驚かせるか」

「このたびの下向は長旅でありました。並の旅においてさえ、何が起こるかわからぬもの。ましてや天一坊さまは、世にふたりとおられぬご落胤の尊きお体なれば、それをお守りするためにわれら周りに侍る者が刀を持ち、銃を取るは、必定でございましょう」

　立て板に水とはこの伊賀亮のごときを言うのであろう。

　忠相はさらに疑義を呈した。

「東叡山輪王寺宮家と天一坊は同格か」

　東叡山とは上野寛永寺のことである。比叡山延暦寺が京都の鬼門にあるように、上野という江戸の鬼門を守っており、三代目以降は宮家から山主を迎えるようになった。この山主を輪王寺宮家と称している。

「いかに将軍ご落胤とはいえ、いまだ身分定まらぬ天一坊さまが、尊き宮さまと御同格とは申し上げられませぬ」

「されば、その宮家と同じ飴色網代の乗物を使ったのは何故か」

天一坊は「将軍ご落胤」を名乗っている。

まことのご落胤であっても、宮家と同格だなどということはない。

ところが天一坊は輪王寺宮家のみに許された飴色網代の乗物を使った——忠相の奥の手であった。

さすがに伊賀亮も表情をあらためるかと思ったが、にこりと笑うと、

「そもそも飴色網代は、むかし一品准三の宮さまが東にお下りになったときに、やがては都に帰れるか、はたまた東にありて一生、東叡山御門主として終えるか、御身分が定まっていらっしゃらないときに、日輪が雲にかかった姿をあらわした飴色網代の乗物を用いたことに始まります」

「なるほど」

「いま、天一坊さまも見事に親子の対面をはたして江戸城に御直りになるかいなか、御身分定まらぬゆえに、同様に朱塗りの上に黒漆をかけて飴色網代に仕立てました。この伊賀亮が故実に則(のっと)ってなした計らいでござる」

誰ともなくため息が漏れた。感嘆の息である。

忠相は閉じたままの口のなかで、歯をすりあわせた。

「証拠の品、ふたつをあらためたい」

「承知」

赤川大膳から伊賀亮を通じ、吉宗お墨付きの書状と御短刀が忠相に渡された。

忠相と吉宗の仲である。「わが血筋に間違いなし」との筆跡を見誤ることはなかった。御短刀も、縁頭は赤銅斜子に金葵の紋を散らし、目貫は金無垢三疋の狂獅子で後藤祐乗の作、鍔は金の食み出し、鞘は金梨子地に葵の紋で、刀身は一尺七寸にて志津三郎兼氏の銘があった。

家康が紀州、尾張、水戸の三家の子に与えた天下三品の短刀である。

書状のみならず、かばかりに貴重な品までも女に与えていたとは、と忠相は若き日の吉宗の純情を場違いにも微笑ましく思った。

二品の検分を終えた忠相は、それらを恭しく返却すると上座から退き、それどころか天一坊に上座を勧めると自らは土下座をした。

「役目とは言え、将軍ご落胤さまにご無礼の数々、まことに申し訳ございませんでした。私めは本日の無礼のお咎めを待つことになりますが、天一坊さまと公方さまの御親子御対面の儀は、他の重役をもって然るべき吉日を申し上げることになりましょう」

天下の名奉行と言われた大岡越前は敗れたのである。

老中・松平伊豆守信祝は、忠相に蟄居(ちっきょ)を命じた。

忠相も病気療養を届け出、役宅に引き下がった。

天一坊一同は高輪の屋敷に戻って喜びの声をあげた。

「伊賀亮、よくやってくれた」

と天一坊は手放しで喜んでいる。

「天一坊さま。そのお言葉はご本心でしょうか」

「当たり前ではないか」

将軍の座が手の届くところまでやってきたのだ。天一坊がかように喜んだとしても、おかしなことではない。

だが伊賀亮は、ひとり浮かない表情で天一坊の御前から下がった。

伊賀亮が自室に戻ろうとすると、赤川大膳が小走りでやってる。やや酒臭い。もう勝利を祝う酒を飲んでいたのだ。

「伊賀、どうした。今日の勝利の立役者がそのような暗い顔をするとは」

「今日の勝利とおっしゃるか。なるほど、問答には勝ったかもしれぬ。しかし――」

「しかし?」

伊賀亮はやや広い額を擦るようにしながら、

「越前の真意がわからぬ」

「真意とな？」

「今日の吟味で越前は何を聞きたかったのだろう。――いや、何を知りたかったのだろう」

「…………」

「越前のあの眼光。われらを広く見回しながら、越前は何を見ようとしていたのか。そして何を見たのか」

「ううむ……」大膳は腕を組むばかりである。

「越前と私では、人としての格が違いすぎる。そのことをまざまざと知った。私は恐ろしい」

しかし、大膳は組んでいた腕を解くと、ごつごつしたその手で伊賀亮の背中をたたいた。

「何を案ずることがある。越前は敗北を認めた。あの場で天一坊さまに上座を譲り、自らは土下座したではないか。ささ、みなで宴（うたげ）だ。親子御対面の前祝いだ。おぬしも戻って飲もうぞ」

その夜、天一坊一同は大いに飲み、大いに食べた。

しかし、喜び浮かれる一同にあって、忠相と問答を繰り広げた伊賀亮だけは、思い詰めたような顔をしていた……。

*

「忠相敗れる」の報は、水野忠之の側用人を通じてすぐに養生所に伝わった。

京助ががっくりと肩を落としている。

「忠相が……」

初音も言葉なく、立ち尽くしていた。

しかし、北斗だけはまったく違っている。

「京助先生。何とかお奉行さまに会いたいのですが」

「聞いただろう。忠相は蟄居を命じられた」

「だから変なんですよ」と北斗が言った。「蟄居を命じられたのなら、どうして同時に病気療養の届け出をするのですか」

「なに？」

「俺は医者ではない。どちらかと言えば同心やお奉行さまのほうに近い。その俺の勘からすると、お奉行さまはまだあきらめていない」

「なんだと？」

「俺自身、いまの状況ではお奉行さまがどうしてあきらめていないのか、わかりません。だからこそ、お奉行さまに会って、何があったのか、何を感じたのか、そして俺たちに何をしてほしいかを聞きたいんです」

「しかし、どうやって……」

そのとき、初音が手をたたいた。

「お奉行さまは病気療養を届け出られた。ならば、医者が往診に行くのは道理ではないですか。つまり、私たちに来てほしいんですよ」

初音の言葉は一見無茶苦茶だったが、理屈は通っている。京助が笑い出した。

「親友の危機に動揺し、俺は取り乱していたようだ」

さっそく北斗、京助、初音、さらにもうひとりの見習いと共に、忠相の役宅に向かった。

だが、忠相と京助の関係は衆人みな知るところである。はたして通してもらえるかどうか……。

ところがそれは杞憂に終わった。役宅につくと同心どものなかから神山源太郎が出てきてこう告げたのだ。

「京助先生、お待ちしていました」

「は、はあ……？」

「お奉行はこちらです」

と源太郎が有無を言わさず京助たちを中に入れてしまう。

中庭に面した廊下で、北斗が尋ねた。

「あのぉ。いいのですか。俺たちをすんなり入れてしまって」

「入れないほうがよかったか？」

「いや、そんなことは」

「お奉行からの言いつけでね。『おそらく京助が——もし万一、京助が動転してしまっていても、北斗どのは必ず来る。そのときはまっすぐ自分の部屋へ通せ』とな」

「そうだったのですか」

やはり忠相には何か考えがあるようだった。

忠相の部屋の手前で、源太郎が足を止めた。

「俺たち奉行所一同、あの天一坊とかいう偽ご落胤には腸が煮えくりかえる思いがしてる。けれども、お奉行が出てもあいつを落とせなかった。きっとおぬしの得体の知れぬ知識で何とかしてくれるのだろ？」

「…………」

「お奉行を、そして江戸を、助けてくれ。頼む」

源太郎が深々と頭を下げた。

「がんばります」

蜩とつくつくほうしが競うように鳴いている。

もうすぐ夏も終わりである。


それから一刻ほどして、京助たちの姿は小石川養生所へ戻っていた。

「さすがは北斗。私の期待以上の働きをしてくれた」

と、しばらくぶりの笑顔を見せているのは蟄居を命じられたはずの忠相である。

「俺も驚いたよ」と京助が苦笑している。「奉行所で調べ中の下手人がひとり死んでしまったことにして、その死体を運ぶ振りで忠相を養生所へ引き取ってしまおうと北斗が言いだしたのだからな」

「畏れ入ります」と北斗。

隣で初音が感嘆とあきれが混じったような眼差しを向けている。

忠相の身代わりには、多く連れていった見習いをひとり置いてきた。北斗が吉宗の代わりを務めたことの真似で、もちろん北斗の発案である。ばれたときの危険はあったが、先ほどの源太郎の様子からすれば、むしろ率先してうやむやにしてくれるように思えた。

役宅にいたままでは忠相と打ち解けて話をするのは難しいし、何より蟄居として監視下にあることは間違いない。二十一世紀の言い方をすれば、忠相の身柄が半ば拘束されている状態。それを〝保釈〟させたのが、この死体と偽っての奪還劇だった。

「とはいえ、時間がないことに変わりはない」

と忠相は出された茶をすするのももどかしく、先の吟味の様子を仔細（しさい）に語って聞かせた。

「言葉どおりに受け取れば、お奉行さまの完敗ですが……」

という初音に、忠相が重く頷く。

「そのとおりだ。ここからは私の感じたことなのだが、吟味の最中、なるほど伊賀亮は流暢（りゅうちょう）に受け答えをして見せたが、天一坊ら残りの面々は私の問いかけに、ときに顔を赤くし、ときにこめかみをふくれさせ、あるいは膝に力を入れ、あるいは互いに目配せをし合ったりと、口以上に雄弁に語り合っていた」

「言葉にならないところで、彼らは自分たちの嘘を暴いてしまっていましたね」

と北斗が、警察官としての知識に照らし合わせながら答えた。

「そのとおり。よくわかったな」

「さらに言えば、伊賀亮という男はぺらぺらとしゃべりすぎて、かえって疑わしい」

「ああ。そのことはおそらく伊賀亮自身も気づいたやもしれぬ」

京助が腕を組んだ。「なるほど。俺よりも北斗の出番のようだな」

「そんな……」

「これからどうするつもりだ。何度吟味をしても同じことの繰り返しだろうし」

「そもそもこれ以上の吟味はさすがに上様もお許しにならないだろう。これまでの吟味でわかったのは、彼らが紀州を出発し、大坂、京都から江戸表までの道中での振舞いだけでは将軍ご落胤の主張をひっくり返せないということだ」

「つまり、紀州に行くしかないのですね」

と北斗が言うと忠相が肯定した。

「江戸と紀州は早駕籠を使っても往復九日。その九日は何とか時間を稼ぐつもりだ。すでに吟味のまえに、め組の文吉にお願いして、江戸でいちばん早い早駕籠を押さえさせてある。さらに五街道は封じ、天一坊一味が逃げられないようにもしてある。あとは証拠だけなのだ。——北斗、行ってくれるか」

はい、と頷いた北斗の身内が震えた。

少なくとも北斗の知っている歴史では、吉宗のあとも徳川将軍家は正統に続く。天一坊たちの野望は打ち砕かれなければいけない。

先に天一坊と尾張徳川家のつながりがあったか、仮に尾張徳川家がこの一件に関与していたとしたらどうなるか。おそらく紀州に何かの証拠が残っていれば、それを消しにかかるだろう。紀州藩に尾張藩の者が侵入し、何らかの狼藉を働いたとなれば、それこそ一大事として江戸にまで聞こえてこようが、まだそのような知らせはない。つまり、もし証拠が残っているとしたら、消されるまえのいまが狙い目なのだ。

北斗はその日のうちに江戸から旅立った。

初音も一緒である。

危険も予想される旅に女の初音を同行させたくはなかったが、「北斗どのは人を斬ったことはないでしょう？」と言われてしまえば、黙るしかなかった。

道中の関所で万一足止めをくらっても、初音は父である老中・水野忠之の名前を出して、関所をこじ開けるつもりでもあった。

＊

め組の手配した早駕籠は、風のように東海道を抜けた。

走りに走り、駆けに駆け、都合三日半で紀州藩の領内へたどり着いたのである。

曙光（しょこう）の和歌山の町奉行所のまえで、早駕籠の男たちが座り込んだり倒れ込んだりして、荒い息をついている。

「一日儲かりましたよ、北斗どの」

と初音が腰をたたきながら笑顔を見せた。

「この一日が調査できる猶予だ」

北斗は男たちにたっぷりと心づけを渡す。今回は老中・水野忠之と忠相からそれなりの金を渡されている。

忠相からの書状を見せれば、和歌山の町奉行も真剣に話を聞いてくれたが、

「上様が紀州藩にいたときにお手つきとなった女中は沢野というのですが、昨年、何者かに襲われて殺されてしまったようなのです」

「なんという……身寄りなどは」

「平沢村というところの出だったそうですが、もう両親も死んで兄弟もおらず、ひとりだったとか」

「そうですか……」

落胆する北斗と初音に、町奉行が恐る恐る尋ねてきた。

「あのぉ。まことにもって不躾な質問なのですが、あなたさまは本当に上様ではないのですよね」

「あ、俺ですか？　ぜんぜん。他人のそら似です。それほどに似ていますか」

「ええ。生き写しとはこのことです。それこそ、その女中が生きていたら喜んだで

しょうに」

「そうですか……」

するとと初音が、「その沢野さんはどちらで眠っていらっしゃるのですか」

「待ってください」

と町奉行が詳しい者を呼び、調べさせる。

沢野は紀州徳川家の菩提寺である長保寺に葬られたらしい。

町奉行所を出ると、初音が長保寺の沢野の墓参りを提案してきた。

「沢野さんのお墓参り、ですか」

「ひょっとしたら沢野さんの霊が何か教えてくれるかもしれないし」

「……上様の偽者である俺が行っていいのだろうか」

「喜んでくれるのではないですか」と初音がやさしく微笑んだ。「たとえ偽者でも、天一坊のように悪い偽者ではなく、北斗どのはよい人ですから」

「初音さん……ありがとう」

突如、初音は真っ赤になってそっぽを向いてしまった。

長保寺は古刹である。

周囲を山に囲まれた堅牢な土地にあるため、家康の十男、初代紀州藩主徳川頼宣が非常の際には陣営しようとの計算を含めて、自らの菩提寺としたのが始まりである。

北斗と初音が訪ねたところ、北斗の顔を見た小坊主が飛び上がり、すぐに住職を呼んできた。

住職はすでに八十の齢(よわい)を重ねているとかで、顔は深いしわがいくつも刻まれていたが、目つき鋭く北斗たちを値踏みするようにしていた。

「当寺に何のご用か」

初音が沢野の墓を参りたいと言うと、住職はますます厳しい目つきになった。

「理由は？」

「え？」

「おぬしらが江戸から来て、紀州徳川家の墓を参りたいと言うならともかく、沢野の墓を参りたいというのはいかにも不自然じゃ」

北斗と初音は互いに目配せすると、それぞれの身分を明かすことにした。

もしふたりが失敗すれば、天一坊の世になってしまうのだ。隠しておく必要もない。

「失礼しました。私は老中・水野忠之の娘、初音」

「俺は大岡越前守忠相さまの名代の、山口北斗と言います」

ふたりは忠之と忠相の署名・花押がされた書状を見せ、天一坊の一件を語った。

「ところが、当地の町奉行所の話では沢野さんはすでに亡くなり、こちらに葬られていると」

話していた初音を、北斗が途中で止める。

「住職。俺の見立て違いでなかったら——沢野さんは生きていますね？」

と北斗が言うと、初音が目を丸くした。

「何を言っているのですか、北斗どの」

「……そのとおり。なぜそのようなことをおっしゃるのかね」と住職。

「沢野さんは平沢村というところの出だと聞きました。亡くなったのなら普通は自分の家のお墓に入るはずです。ところが、正室でも側室でもないのに紀州徳川家菩提寺に墓をもらえるものでしょうか」

「…………」

「しかも、住職は沢野さんの墓参りに来ただけの私たちに身の証を求めた。墓参りなんて勝手にさせればいいのに。それは、どこの誰ともわからぬ人間に沢野さんのことでうろうろされては困ることがあるからではないですか」

住職は口を思い切りへの字に曲げ、しばらく何かを考えているようだったが、ついにため息をついた。

「おぬし、上様によく似ているが、頭の切れはそれ以上かもしれぬな」

「そんなことはありません」

「わしも仏道修行七十五年余。おぬしの目の光を信じよう」

初音が住職に一歩近づき、「すると、沢野さんは本当に……？」

「生きておる」

そう言って住職はふたりを僧坊の奥へ案内した。


僧坊とは名ばかりの、小さな庵のような建物だった。

ここに沢野がひとりで暮らしているという。

住職が名を呼ぶと、ややあって返事がして、沢野が出てきた。

出てきたのは色白で目鼻立ちの美しい、落ち着いた雰囲気の女性だった。長年の心労を感じさせる薄い頬をしていたが、反面、やさしげな眉と黒目がちの瞳が、若い娘のようにも見える。二十年近くまえに吉宗と契りを結んだとして四十近いはずだが、まだまだ若く、初音とそれほど違わないようにすら見えた。

沢野は北斗を見ると、「お殿さま……？」と絶句して涙をぽろぽろとこぼし始めたではないか。

「ああ、お殿さま。生きているうちに、このように再びお目にかかれる日が来るなんて……」

北斗は慌てた。

「あ、あの、すみません。俺は、吉宗さまではないのです」

驚愕している沢野に、北斗たちはそれぞれの身の証を見せ、江戸で起こっているご落胤騒動について説明する。

驚いたり悲しんだりしながら聞いていた沢野だったが、北斗たちの話が終わると何かを堪えるように目をきつく閉じた。

目を開くと、沢野は意を決したように語り始めた。

「お殿さまの寵(ちょう)をいただいた者として、真実をお話ししなければならないと思います」

——沢野は紀州時代の吉宗の子を、たしかに身ごもった。

まだ紀州藩主となるまえの若き日の出来事である。

驚きつつも喜んだ吉宗は「いまはこのような形だが、おぬしもおぬしの腹の子も、俺の宝だ。絶対に守る」と、独断で「わが血筋に間違いなし」とのお墨付きの書状と御短刀を沢野に渡した。

かくして沢野は故郷の平沢村に里帰りをした。

だが、生まれてすぐにその子は死んでしまったのだ。

ちょうどその頃、吉宗は兄の死去に伴い、紀州藩を相続し、藩主となった頃。忙しい日々に水を差すような知らせを告げるのは憚（はばか）られた。だが、仮にも紀州徳川家の血筋の子であったから、内々に紀州徳川菩提寺の長保寺に葬られたのだった。

沢野も長保寺の近くに小さな庵のような家をもらい、菩提を弔っていたのだが、産んだばかりのわが子を亡くしたことで寝たり起きたりを繰り返すようになってしまったのだと、沢野は話した。

「本来であれば、書状と御短刀はお返しせねばと思っていたのですが、授かった子を失ってしまった申し訳なさとこの身体の不調を言い訳に、かつての愛しい日々の名残とわが子の温（ぬく）もりを思い出すよすがとして、ずっと手元に置いていたのです」

ごくささやかな、心のよりどころとするための願いだったのだ。

ところが、それが裏目に出てしまったのである。

昨年、亡くした子と同年同月同日に生まれた改行（かいぎょう）なる修験者が現れ、どこで聞きつけたのかご落胤の証の品々を奪いに来たのである。

沢野は命からがら長保寺の住職を頼り、住職は沢野の衣類を犬の血で汚して追っ手に殺されたふうを装ったのだった――。

話し終えた沢野は静かに目元を拭っている。

沢野の話が終わって、しばらくは誰も何も言えなかった。

さまざまな想いと感情が各人の胸に渦巻いている。

あのときああしていれば、こうしていれば、というのはたやすい。

だが何事にも時機がある。

時機が適していても、人の心がある。

人の心が人の心を慮って立ち止まり、出会えなくなってしまうのもまた人の世の縁というものだった。

北斗が口を開いた。

「沢野さん。俺たちと一緒に江戸に来てくれませんか。いまの話を直に偽のご落胤、天一坊にたたきつけてやってほしいのです——生まれてすぐ亡くなった、吉宗さまとあなたの子のためにも」

住職は難色を示した。江戸までの道は遠い。何があるかわからない。けれども、沢野はきっぱりと言った。

「江戸へ、吉宗さまのところへ参ります。この沢野が元となって吉宗さまに重荷を背負わせ、天下万民を苦しめるのは本意にございません。沢野は吉宗さまに笑顔でいていただきたいのです」

山間の長保寺に、蜻蛉が舞っている。西日が金色に射し込む。沢野はその光に照らされた景色に何を思っていたのだろうか……。

早駕籠は三つになった。若く、身体を鍛えている北斗と初音だけではなく、沢野が一緒であるため、駕籠の早さは行きよりやや落ちてしまう。

だが、沢野も歯を食いしばって耐えた。

忠相が引き延ばせる時間は九日。その九日が尽きてしまえば、何が起こるかわからない。

天一坊が正式にご落胤として認められてしまうか。

はたまた再三に渡って天一坊らを吟味した忠相に重い罰が下されるか。

東海道を走る早駕籠も、蟻(あり)の歩みのようでもどかしい。

箱根の関を越えたときに、それは起こった。

早駕籠が不意に止まった。

「どうした!?」

「旦那、道の向こうに浪人どもが刀を抜いて通せんぼしてるんでさ」

「何だと!?」

北斗と初音は駕籠から転がり出ると、それぞれ警棒と刀を構えた。

三人の浪人がにやにやと抜き身の刀をもてあそんでいる。

「今度は逃がさねえからな」

「こいつら……北斗どのと初めて会ったあの夜、われらと戦った三人か」

そのうちひとりの手首には棒で打たれたような濃いあざがあった。比較的新しい。先日、江戸城から帰るときに夜陰に乗じて襲ってきた者どもがいた。そのうちひとりは、北斗の一撃によって生じたあざに似たものをつけていた同心の神山源太郎だとてっきり思っていた。しかし、いま目の前の男の腕のあざを見て確信する。

こいつがあの夜の襲撃者だ。

「おい。おぬしら、こんなところで通せんぼしているよりも、さっさと尾張に戻って雇い主に仔細報告したほうがいいのではないのか」

「な、なんだと」

男どもに動揺が走った。北斗がかけた鎌に見事にはまったのだ。

尾張、に激しく反応したことで、こやつらは自白したのだ。自分たちは尾張藩の関係者に雇われている、と——。

「警告はしたぞ」

「どうしてもおぬしらには死んでもらわねば困る」

と浪人が真っ赤な顔になった。

「今度は容赦なしでいいな」

北斗が笑うと、浪人のひとりが「小癪（こしゃく）な」と刀を振りかぶった。

「とっておきがあるんだからな！」

北斗は懐からこれまで一切見せてこなかった武器――拳銃を取り出してみせた。

浪人たちがぎょっとなって、たたらを踏む。

銃声と怒号、剣戟（けんげき）の音が箱根の山に響いた。

*

その日の大岡忠相の役宅は静かだった。

吉宗と老中たちに猶予としてもらった九日が尽きようとしている。

忠相が小石川養生所へ抜け出ていたことはうやむやになったが、それ以上の沙汰が下ることになったからだった。

天一坊が将軍ご落胤ではないと否定できなければ、天一坊がご落胤であると確定してしまう。となれば、吉宗は将軍として、将軍家の子を再三にわたり侮辱した罪を忠相に問い、相応の罰を下さねばならないのだ。

忠相に下されるべき罰とは――妻子ふくめての切腹だった。

掃き清められた中庭にはすでに切腹の準備が整えられている。

「だいぶ涼しくなってきたな」

と忠相が言うと、妻の慶恵(よしえ)は「そうですね」と微笑んだ。

ふたりともすでに白装束である。

忠相は顎から首にかけてを触り、

「髭は残っていないかな」

「お待ちくださいませ」

と慶恵は忠相愛用の髭抜きで、顎の下の髭を抜いてやる。

雀が鳴いていた。蟬はもう鳴かない。

「はい。きれいになりました」

「ありがとう」と忠相は髭抜きを受け取った。「迷惑をかける」

「迷惑だなんて思っていません」

「そうか」

「はい。私はあなたさまの正しさを信じています」

忠宜(ただよし)と新三郎(しんざぶろう)という子らも白装束で控えている。

忠宜は元服して日は浅く、新三郎はまだ元服もしていない。元服を済ませた忠宜は切腹の作法を心得ている。新三郎のほうは切腹の作法を伝授されていないので、切腹のための刀の代わりに扇子を三方に置き、それで切腹の真似をし、そのときに介添人が首をはねる手はずになっていた。

ふたりとも、ややこわばっているが、罪を得て死ぬのではなく、正しさを貫いて死ぬのだという清廉な気迫に満ちている。

美しい子たちに育った、と忠相はふたりの子と、育ててくれた慶恵に感謝した。

刻限が近づく。

人の出入りする気配が増えた。見届け人たちだろう。

介錯（かいしゃく）は断ってあった。

上役である老中・松平伊豆守が入ってきた。

刻限である。

「越前。あれへ」と中庭の座を促す。

「はい」

「……すまぬ」

伊豆守の肩が震えていた。

切腹は忠相、慶恵、子らの順で行う段取りになっていた。

目の前の三方の上には抜き身の刃が置かれている。

白装束で正座した忠相は白い裃を跳ね上げ、ゆっくりと腹を撫でてくつろがせた。

そのときだった。

「どけ！　そこをどかぬか！」

という大声が聞こえた。

何だ、と周りがざわつく。

「いったい何事か」と伊豆守が問うと、「そ、それが上様がお見えになって」としどろもどろな答えが返ってくるではないか。

「何？」

という伊豆守の問い返しの声を、その男の声が塗りつぶす。

「貴様ら、余の顔を、吉宗の顔を見忘れたか!?　忠相の切腹は中止せよと言っているのだ！」

忠相は目を閉じて天を仰いだ。

あの男は間に合ってくれた。釈迦大如来さま、感謝申し上げます――。

役宅に乱入してきたのは吉宗本人ではなく、北斗だった。

拳銃を使っての威嚇射撃で相手を怯ませたものの、箱根の戦いで思ったよりも手こずってしまった。

そのせいで、江戸への帰参がぎりぎりになってしまったのである。

すんでのところで忠相の切腹は回避された。

役宅に押しかけたのは北斗だけではない。初音も沢野もいた。

沢野の証言を得て、ここに天一坊の悪事は露見したのである。

＊

天一坊らの顚末（てんまつ）について語らねばなるまい。

忠相の切腹騒動から三日後、いよいよ天一坊が望み続けていた吉宗との「親子の対面」が開かれることになった。

場所は南町奉行所の役宅である。

いまは主がいないことになっている。

天一坊らにも「大岡越前切腹」の知らせは入っていた。

もっとも邪魔になる人物が排除されたことに天一坊らは喜んだが、そのなかでただひとり、伊賀亮だけが渋い顔をしていた。

「どうしたのだ、伊賀亮。いよいよ明日、われらの大願が成就するというのに」

と天一坊が伊賀亮の肩をたたく。

「……本当にうまくいったのかと思ってな」

「ははは。うまくいったのだよ。これで余は晴れて将軍の座につき、おぬしも浪々の身からしかるべき身分につけるというものさ」

結局、伊賀亮だけはその日、体調不良を理由に欠席した。

役宅に入った天一坊は通された部屋の床の間の前に、ある人物が座っているのを見て驚愕した。

「おのれは――大岡越前!?」

奉行として裁きを下す裃を身につけた大岡越前守忠相が、静かに天一坊を見据えている。

「偽のご落胤を許すなと、閻魔大王に叱られて地獄から舞い戻ったぞ」

「何を――」

忠相は立ち上がると、そばにいた北斗に床の間の掛け軸を開かせた。

そこにはこう書かれていた。

「紀州和歌山在平野村感応院の弟子、源氏坊改行」

天一坊が呻いた。「こ、これは――」

「おまえの本当の名。この名は上様のまことの子を身ごもった沢野さんが教えてくれたものだ。観念しろ!」

と北斗が言うと、部屋の襖が一斉に開いて、同心たちが十手をつきつけた。

「あの女、生きていたのか」

と赤川大膳が愕然としている。

がっくりと手をついてうなだれた天一坊、いや改行だったが、急に笑い始めた。

「ふ、ふふふ。ははは。あははは――」

「何がおかしい」

と忠相が問いただすと、改行は首をねじ曲げて、

「俺をよく見ろ。この俺のどこが将軍ご落胤に見えるというのだ。貴様らに目はついているのか。あはははは」

「………」

忠相はじっと無言で見下ろしている。

「紀州の片田舎の無名の僧が、天下の名奉行を切腹寸前まで追い込んだのだ。これ以上の快事が世にあろうか。はっはっはっは」

哄笑を続ける改行の顔は、吉宗はおろか、吉宗に似ている北斗の顔にもまるで似ていなかった。

「残りは地獄で自慢しろ。――引っ立てい！」

改行とその一味は捕縛された。奉行所から逃げた者も数名いたが、江戸中に包囲網が敷かれていたのである。

伊賀亮は高輪の屋敷で、ひとり、毒酒をあおって死んでいた。

＊

偽ご落胤事件の大捕物の話は、瞬く間に江戸市中に広まった。

大岡越前が自らの命をかけたぎりぎりのやりとりで何とか江戸を守り切った話は、江戸っ子たちの間でたいそう評判になったのである。

その大捕物の切り札になった沢野は、小石川養生所で静養しつつかくまわれていた。

天一坊と名乗った改行の捕縛についても、沢野は養生所で聞いたのだった。

「そうですか。私の証言がお役に立てたのですね」

と沢野は手を合わせていたものだ。


その日の夜から沢野は熱を出した。

咳と鼻水もあって、風邪のようだった。

旅の疲れが出たのだろうと思われたが、数日経っても熱は下がらない。

四日五日して、熱が一気に高くなった。それと同時に赤い発疹（ほっしん）が出現した。

麻疹（はしか）だった。

江戸時代において、もっとも恐れられている死病のひとつである。

「どこでうつされたのか……」と京助が呻いた。

「いや、これは紀州でかかったものだと思います」と北斗。

「そんなこともわかるのか」

「典型的な麻疹は、病気の元がうつったあと、十日から十二日くらいは何もないのです。そのあと咳や鼻水を伴うやや高い熱が数日続いて、急に高熱になると共に赤い発疹が出るのです」

だいたい子供の頃にすませてしまうことが多く、その場合は軽くてすむ。大人になってからの麻疹はつらく、重い。命にも関わる。二十一世紀の日本では赤ちゃんの頃にワクチンを接種してしまえば、まず感染しない。

沢野は高熱に浮かされ、全身を発疹に包まれて意識朦朧としている。

「対処法も、わかるか」

「麻疹は一生で一回だけかかる病です。治療は、いままで麻疹にかかったことのない人間は外してください」

京助が唇を噛んだ。

「だとしたら、俺は今回何もできないではないか」

「京助先生の知識は、場所が離れていてもお伺いします」

「おぬしはどうなのだ」

「俺は小さい頃に対応策を施してあるので、大丈夫です。ただ」

「ただ？」

「麻疹の治療薬は、俺がいた場所でも見つかっていないのです」

つらい症状を和らげるための対症療法しかないのである。

予想はしていたが、沢野の容体は悪かった。

高熱が続き、同じ室内にいるだけで北斗も汗が出てくる。

北斗は定期的に経口補水液もどきを沢野に与え、体力が持つように祈った。

そう。本人の力が病に打ち勝てるよう、祈ることしかできないのだ。

ときどき、高熱の最中、沢野の唇が動く。

「お、との、さま……」

北斗は沢野の手を握りしめた。

がんばってくれ、沢野さん。あなたはまだ、いまの吉宗さまに会っていないではないか。それまでは――。

だが、沢野はさらに肺炎を発症させた。

うわごとも多くなった気がする。

厳しい状況だった。

今夜を乗り切れるかどうかが山だと、京助は告げた。

……沢野はふと目を覚ました。

ずいぶん長いこと、ひどい夢を見ていた気がする。

ああ、そういえば麻疹にかかってしまったのだった。

高熱で身体が重い。頭も回らない。

全身がつらく、こんな身体、脱ぎ捨ててしまいたいと思う。

そのときだった。

沢野の視界に北斗が入ってきた。手に匙を持っている。

ところが、そこで不思議なことが起こった。

もうひとり、北斗が現れたのだ。

とうとう目がかすんできたのだろうか。

「この匙の水を、口に含ませればよいのだな？」

「そうです」

匙を伸ばす手がぎこちない。よく見れば、こちらの北斗は月代もあざやかに剃り上げた美しい髷を結っているではないか。

「お、との、さま……？」

声が出たかどうか定かではない。

けれども、髭を持った北斗――吉宗はにっこりと微笑んだ。

「沢野。わかるか。吉宗――いや頼方だ」

それは紀州藩主となるまえの、沢野を愛してくれたときの名だった。

沢野の視界が熱い涙でにじんだ。もっとしっかり吉宗を見たいのに、拭っても拭っても涙が出てくる。ふと、自分の手が発疹でひどい有様なのに気づき、恥ずかしくなった。

吉宗はその沢野の手を握りしめた。その力強さはたしかに吉宗のものだった。

「頼方と名乗るよりもさらに以前、まだ新之助と呼ばれていた幼い頃に麻疹にかかった俺には、もううつらないのだそうだ。……沢野。昔のまま美しいな」

「いいえ。私……すっかり年を取って、しかもいまは麻疹で……」

「俺には、紀州の山と空の間でいつも笑っていた頃のおぬしと全然変わっていないように見える」

「どうして、ここに――」

「おぬしが麻疹にかかったと聞いていても立ってもいられずにやってきた。幸い、ここには俺と瓜二つの北斗という男がいる。こやつの振りをしていれば、まさか将軍が小石川養生所でおぬしの看病をしているとは、誰も気づかぬよ」

吉宗の向こう、本物の北斗が軽く微笑みながら頷き、「上様、俺は少し外します」と立ち上がった。

沢野は言いたいこと、言わねばならないことがたくさんあった。

「せっかく、お殿さまの子をいただきながら――」

「つらかったであろう。おぬしがもっともつらいときに一緒にいてやれなかったこと、本当にごめんよ」

また涙がこぼれた。

「私が書状と御短刀をお返ししなかったせいで……」

「そのおかげで俺はこうしてまたおぬしに会えたのだ。ありがとう」

ああ、変わらない。まっすぐで、熱い心のお方のままだ。

将軍として堂々とした大人の男になった吉宗に、沢野が恋した若い吉宗が重なる。

どちらも同じ、澄んだ目をしていた。

吉宗が匙で沢野に水分を与える。

「私がお子を身ごもったとき、とても心強いお言葉をくださいました」

「『いまはこのような形だが、おぬしもおぬしの腹の子も、俺の宝だ。絶対に守る』と言ったのだったな。だが結局、何ひとつ果たせなかった。すまぬ」

沢野は小さく首を横に振った。

「そんなことはございません。あのお言葉が幾度となく沢野を支えました。お殿さまは私の命の恩人です」

紀州にいた頃の淡い恋の思い出を、ふたりはゆっくりと振り返り、語り合った。


その言葉にならないところで、心の奥で、沢野は吉宗に話しかけていた。

――もし、あなたさまが身分ある方ではなく、普通の男だったら。

きっと毎日こんなふうに他愛のない話をして暮らしていたことでしょう。

ふたりの間には子供が、ひとりといわず何人もいて。

自分たち夫婦は穏やかに年を経ながら、子供を育て、立派に世に送り出し、神仏に感謝しながら日々を過ごせたに違いないと思います。

きっとそれはすてきなことで、私のような女には夢のように幸せな毎日となったことでしょう。

けれども、あなたさまは将軍となる天命のもとに生まれた男の方でした。

その天命にまっすぐ生きてもらうことこそ、いまの沢野のたったひとつの願い。

どうか、これからも天下万民のため、あなたさまがご活躍できますように。

沢野はいつも祈っています。

そして。

いつまでもあなたさまを、あなたさまだけを愛しています――。

その日の未明、一番鶏(いちばんどり)が鳴く頃、沢野は吉宗に看取られながら息を引き取った。


処置室から出てきた吉宗が、京助と北斗に気づいた。

「ありがとう」

と吉宗は静かに礼を言うと、医者見習いの白衣を脱ぎ始めた。

「上様――」

と北斗が声をかけると、吉宗は静謐(せいひつ)な表情で告げた。

「城へ戻る。朝の執務が待っているからな」

「はい……」

「沢野のこと、懇ろに弔ってやってくれ」

と口にしたときには、すでに将軍の顔に戻っている。

北斗は不意にしゃくり上げるように涙がこみ上げた。

「沢野さんを……助けられなくて、すみませんでした」

しかし、吉宗はこう言った。

「うぬぼれるな!!」

「…………っ!?」

「沢野が死んだのは、おまえのせいではない。天命だ。人は御仏からいただいた果たすべき天命があり、それを果たしたら天に還るのだ。沢野は立派に生きた。天命を全うしてあの世へ還るのだ。むしろ俺は、自分が心底惚れた女が立派に生きて死んでいったことを、誇らしく思う」

「吉宗さま……」

「どうしても救えぬ命がある。かなえてやれぬ願いがある。将軍であっても、いや将軍だからこそ、捨てなければいけないものも、置いてこなければいけなかったものもある。すくい上げたいものは多いのに、どうしてこれほどに俺の手は小さいのか、いざすくい上げても砂のように指の隙間から次々にこぼれ落ちていくのかと歯ぎしりする思いをしたことは何度もある」

「………」

「だが、前に進むしかない。将軍といってもただの人間。いま守れる笑顔を守るしかない。けれども、守りきれなかったものの涙の重みを一生背負い続けていかなければいけないとも俺は思う。その涙を忘れたら、将軍は暗愚となる」

「涙の重み……」

医者や警察官もきっと同じなのだと、北斗は吉宗の言葉を噛みしめている。

吉宗がいつもの微笑みを見せた。

「多くの人びとに天命を無事に果たさせてやるためにも、これからもこの小石川養生所を頼むぞ」

北斗は慌てて両目の涙を拭った。

「はい」

気がついたら敬礼をしていた。吉宗から見たら奇異な仕草だったろうが、静かに北斗の肩をたたいて吉宗は外へ出ていく。

吉宗のその姿はまるで朝日に向かって歩いていくようだった。

北斗七星は夜の旅人を導く。しかし、将軍という太陽は天下万民を慈しみ導くための存在なのだ。

終章

沢野を見送って数日が経った。

朝夕はすっかり涼しくなり、秋の食べ物が出回るようになってきた。

空には鰯雲が浮かんでいる。

北斗が江戸にやってきて、いろいろな人との出会いがあった。

いろいろな形の別れがあった。

鰯雲のようにひとつひとつは小さくとも同じものはふたつとなく、そのどれもが北斗の心に何かを残していった。

「とはいえ、まだ帰れる見込みはまったくないんだよなぁ……」

吉宗流に言えば、御仏からの天命がまだ果たされてないからだろうか。

そもそも自分がそんな大それたものを持っているものだろうか……。

「北斗先生」

と、おせきが声をかけてきた。

「はいはい」

「同心の神山さまがいらっしゃいましたよ」

何だかずいぶん久しぶりのような気がする。とはいえ、これといった感慨があるわけでもないのだが。

「お待たせしました」と言うと、源太郎は小さな紙のようなものを投げてきた。薬包のようだった。「おっと。……これは」

「いつだったか、ここの薬棚から盗んだ烏兜だ。戻しておいてくれ」

北斗は焦った。

「ちょ、ちょっと待ってくれ。あんた、自分が言ってること、わかってるのか」

「わかってるよ」

と源太郎が面倒くさそうに言う。

この江戸に来てから何度となく顔を合わせているが、なかなか食えない。気難しい所轄のたたき上げの大先輩よりも苦手だと思う。

「俺にわざわざ渡すということは、理由くらいは教えてくれるのですよね？」

「……相変わらず勘がいいな。あの天一坊とかいう奴、俺の知っている悪党に似ててな。江戸所払いになった野郎だったんだが、俺はあの天一坊はご落胤どころか、その野郎の息子じゃねえかと目星をつけてたんだよ」

「それと烏兜がどう関係するんだ」

「まあ、黙って聞いてろって」と、源太郎が冷たい目で続ける。「その江戸所払いになった男もしぶとい奴でな。本当は獄門にしてやりたかったのをうまく逃げ切りやがった。ところが今度はそいつの倅かもしれねえ野郎が、天下の公方さまの座を狙っていやがる。万が一にも吟味を逃げ切るようなことがあったら——その男の息子だろうと違っていようと、その毒で殺そうと思ってたんだよ」

北斗は戦慄した。

警察官と同心というのはこんなに違うのか。

この源太郎が特別なだけなのか。

「……嘘、ですよね？」

「ばかやろう。同心が嘘ついてどうする。本気だよ。まあ、ばれたとしても俺ひとりの命で片がつく。俺は去年おふくろを亡くしちまって独り身だから、別に連座で腹を切らされる奴もいねえしな」

と源太郎はひげのない顎をぽりぽりかいている。

「いやいや。そういう実力行使をしないために、法があって、同心とかお奉行とかがいるんじゃないのか」

「ふ、ふふ。てめえがいたところは、そんなのんびりしたことが言えてたところだったのか。おめでたいな」

「そんな正義の形があるものか……っ」

それともまさか、ここではおかしいのは自分のほうなのだろうか。

「ま、いろいろあったけどあいつらみんな捕まったしな。人数も多いし、事件も大きいからまだ何月かかかるだろうが、主立った連中は確実に獄門。鳥兜はいらなくなったってわけだ」

「………………」

源太郎があざ笑うような表情を一瞬見せた。だがそれは一瞬のことで、妙に冷めた表情で、北斗に顔をやや近づけてくる。

「その江戸所払いになった男の足跡を調べて、尾張の下屋敷に顔を出してみたときに妙な話を聞いてな」

「妙な話、ですか」

「尾張徳川家はいまは徳川継友さまが藩主だが、異母弟の松平主計頭通春(かずえのかみみちはる)さまが徐々に力をつけてきているらしい。この通春さま、どうやら派手好き浪費好きで上様の諸々(もろもろ)の改革に反対らしい。いつか上様とぶつかるかもしれぬ」

この松平主計頭通春こそは、のちの徳川宗春(むねはる)である。

尾張徳川家の藩主となると、源太郎の言葉どおり、ことごとく吉宗の政策の反対を取り、最大の政敵になる人物だった。だが、いまこの段階では歴史の表舞台に登場していない。

源太郎の嗅覚は一目置くべきものがあった。

なるほど。それで尾張藩下屋敷に出入りする姿があったのか……。

「そんな話、俺に聞かせてどうするんだ」

「別に？　どうするかはおぬしが決めることだ」

「………」

源太郎は冷たい微笑を浮かべて声を落とした。

「おぬし、ずっと見張られているぞ」

「!?」

「こっちに来てから、尾張藩の息のかかった連中が入れ替わり立ち替わりでおぬしを監視している。つかず離れず、俺たちでも見破るのが難しい連中だ。お奉行には報告してあるけどな」

「尾張藩が……？」

紀州からの帰路、箱根で襲われたのは、そのごく一部だったのだろうか。

「おぬしは自分で思っているよりも危険な『鳥兜』なんだよ。俺たちにも、小石川養生所にも、上様にとってもな」

「………」

北斗は沈鬱な表情で黙るしかなかった。

「けれども、最後はやってくれるんだろ？」

と言って源太郎は北斗から離れた。

「何を？」

「上様や江戸が危なくなったときには、おぬしが言っていた正義とやらで、力になってくれるのだろ？　尾張の動きはこれからもときどき教えてやる。それ以外に気になったこともな。何にも知らなければ動きようがないだろう？」

「……ああ」

その点については業腹だが、源太郎の言うとおりだった。

背中を向けた源太郎がそのまま数歩ほど歩いて、振り返った。

「それから話は違うけど、ついでだ。話しちまおう」

「あとは何ですか」

「おぬしがこの養生所に来た日に見つかった浪人の死体があっただろ」

「はい」

「あの男と俺は、市ヶ谷にある伊藤彦三郎(いとうひこさぶろう)先生の道場で剣術を学び合った同門でな。あいつの名は内山藤四郎(うちやまとうしろう)という。――あいつが自害なんてするわけがない。殺されたに決まっているんだ。絶対に、この手で殺した奴を捕まえてやる」

そう言って源太郎は、しばらく北斗を睨みつけていた。

北斗はその視線を正面から受け止めている。

どのくらいそうしていただろうか。源太郎が目の力を抜いて、視線をずらした。

「そういうわけだから、何か手がかりになりそうなことがあったら教えてくれ。それと、最初のときはおぬしを変に疑って悪かったな」

そう言うと、今度こそ源太郎は養生所をあとにした。

北斗が呆然とその後ろ姿を見送っていると、竹垣の向こうから初音がやってくる。

「どうしたのですか、北斗どの」

「あ。いや。秋になってきたなあ、と思って」

「そうですね。金木犀が匂ってきました」

「ほんとうですか」

と北斗が鼻をうごめかせていると、おせきがやってきた。

「あれ、神山さまはお帰りになっちまったんですかね」

「そうだけど」

「いま丸々太った鴨を二羽ももらったんですよ。いいのが手に入ったから持ってきた、このところいろいろあっただろうから、みんなで食べてくれって」

「へえ」

初音が腕を組んだ。

「あの同心、いい奴なのか、いやな奴なのか、よくわからぬ」

北斗は吹き出した。

「そうだね。でもまあ、鴨の味が変わるわけでもないし。初音さんが来たなら二羽でも足りないかもしれないし」

「北斗どの!?　それはどういう意味か!?」

ははは、と笑いながら北斗が養生所に逃げ込むと、初音がそのあとを追った。

赤とんぼが二匹、竹垣にとまって秋の日にあたっていたが、しばらくするとどこかへ飛んでいった。

庭の紅葉は少しずつ色づいている。

―――本書のプロフィール―――

本書は書き下ろしです。

小学館文庫

北斗

著者　遠藤 遼

二〇二三年一月十一日　初版第一刷発行

発行人　石川和男

発行所　株式会社 小学館

〒一〇一-八〇〇一

東京都千代田区一ツ橋二-三-一

電話　編集〇三-三二三〇-五六一六

販売〇三-五二八一-三五五五

印刷所――中央精版印刷株式会社

この文庫の詳しい内容はインターネットで24時間ご覧になれます。
小学館公式ホームページ　https://www.shogakukan.co.jp

ISBN978-4-09-407217-4